芽吹長屋仕合せ帖

日　日　是　好　日

志　川　節　子　著

新　潮　社　版

11781

目次

芽吹長屋仕合せ帖

日日是好日

靄《もや》

一

永代橋《えいたいばし》を中ほどまで渡って、おえんは足を止めた。

日本橋瀬戸物町にある芽吹《めぶき》長屋からさして歩いてもいないのに、着物の背中が汗で肌に貼《は》りついている。五月も残すところ十日ばかり、梅雨の空は灰色の雲で塞《ふさ》がれ、ところどころにできた切れ間から鈍い光がこぼれていた。

橋の上ならば涼しいだろうと見込んでいたが、風はなくて蒸し暑いばかりだ。大川を漕《こ》ぎ上がっていく荷舟の櫓《ろ》の音も、心なしか重たそうに響く。

深川佐賀町にさしかかると、「味噌《みそ》たまり問屋」の屋根看板を挙げた松井屋《まついや》から、人が出てくるところだった。

形よい立ち姿は、松井屋主人の文治郎《ぶんじろう》と、離れていてもひと目でわかる。

だが、文治郎のあとから出てきた男に、おえんは心当たりがなかった。齢《とし》は三十前後、頭を総髪に結って、筒袖《つつそで》の着物に袴《はかま》を着けている。薬籠《やくろう》を提げているので医者のようだが、松井屋には古賀東伯《こがとうはく》という掛かりつけがある。

文治郎と目が合った。

「お、いたのか」

　できれば見つかりたくなかったと思いながら、おえんは仕方なく歩み寄る。

「こちらは、堤篤三郎《つつみとくさぶろう》先生だ。おっ母《か》さんを診てくだすっていてね」

「えっ。大《おお》お内儀《かみ》さまは、体調が癒《よ》くなられたのではなかったのですか。またどこか悪いところでも」

「めまいがするようだが、案じるほどではない。堤先生も、季節の変わり目ゆえだろうと」

　いいさして、文治郎が腰をかがめた。

「先生、失礼いたしました。このおえんは、前の女房でございまして……。仔細《しさい》が少々あり、いまは別々に暮らしております。時折、母を見舞ってくれますので」

　あけすけないい方に、おえんは顔から火が出る思いで下を向くが、

「堤と申します。なにとぞお見知りおきを」

　篤三郎はさほど頓着《とんちゃく》するふうもなかった。

「堤先生は蘭方《らんぽう》の心得がおありなのだ。そこの、塗物屋の隠居が胃が痛むので診てもらったところ、たちまち快癒したそうでな。隠居から話を聞いたおっ母さんが、自分

も一度、堤先生に掛かりたいといいだしてね。もちろん、東伯先生には断りを入れてあるが」

「東伯先生と手前の父には、同門のよしみがございまして」

もともと堤家は古医方《こいほう》の医家で、三男に生まれた篤三郎は、芝で開業している父親の下で修業を積んだのち、上方へ遊学して蘭方を学んだという。

そう聞いても、古医方と蘭方がどう違うのか、おえんには今ひとつ見当がつかない。

「蘭方というのは、めまいに効くのですか」

「お常《つね》さまのめまいには従来通り、古医方の療治を施しております。蘭方が得手とするのは外科的なこと、たとえば穿瞳術《せんどうじゅつ》といって、見えにくくなった目を手術したりするのに向いているのです」

「手術といいますと」

「医用の鍼《はり》で目の一点を突き、悪くなっている部分を取り除いて……。と、あいすみません。往来でご婦人の耳に入れるようなことではありませんでしたね。どうかご容赦ください」

おえんがわずかに後退《あとじ》さったのを見ると、篤三郎は話を切り上げて去っていった。

「じつに見上げたお方だ」

深々と腰を折った文治郎が、感心したようにため息をついた。

篤三郎は油堀沿いの通りを東へ歩いていく。

後ろ姿をしばらくのあいだ見送っていると、通りの脇《わき》から四、五歳くらいの女の子が出てきて、篤三郎に駆け寄った。篤三郎が立ち止まると、いまひとり、女が現れる。ふた言、三言、やりとりしたのち、連れ立って歩きはじめた。

女の子を真ん中にして、三人で手をつないでいる。なんとも仲睦《むつ》まじい光景だった。

おおよそ、娘と買い物に出た女房が、往診帰りの亭主、篤三郎と行き会ったのだろう。

そう察しをつけて、おえんは文治郎を振り返った。

「大お内儀さまに、佃煮《つくだに》をお持ちしたんです。先に同じものを差し上げたら、たいそう気に入ってくださいましてね。このごろは食の好みがいくぶん変わって、味付けの濃いものを食べたくなるのだと」

「へえ、おっ母さんが、そんなことを」

おえんの携えている紙包みに、文治郎が目を移す。

「食膳《しょくぜん》をととのえる者がおたねではなくなって、少しばかり味が物足りないのかしら」

「まあ、それならそれで慣れるよりないだろうな。すまないが、ときどきおっ母さんを訪ねて、話し相手になってやってくれないか」

店の暖簾《のれん》をくぐりかけた文治郎が、動かずにいるおえんを怪訝《けげん》そうに振り向いた。

「わたくしは、裏手から」

「何も遠慮することはないだろう。おれは構わんよ」

「店の者は気を遣いますもの」

別れた亭主の無神経さに気持ちがざらつくのを感じながら、おえんは裏手へまわった。

昼の片付けが一段落し、夕餉《ゆうげ》の支度には間がある頃合いで、台所はひっそりしている。若い女中が板の間を雑巾《ぞうきん》で拭《ふ》いているかたわらに、漬け物樽《だる》をのぞき込んでいるおいちの姿があった。

「ごめんください」

「あら、おえんさま」

おいちは小太りの身を起こすと、立ち上がって土間へ下りてきた。

おたねが松井屋から暇《ひま》を取り、紙問屋「藤木屋《ふじきや》」与四兵衛《よしべえ》に嫁いだあと、女中頭を務めるようになったおとみがお常の身の回りを世話していたが、あれもこれも取り仕切るのは容易ではなかったとみえ、先ごろからはこのおいちがお常に仕えている。三十代半ば、骨身を惜しまぬ働きぶりで、ほかの女中たちからの信頼も厚い。

「大お内儀さまのご機嫌をうかがいに」

おえんが佃煮の紙包みを見せると、

「きっとお喜びになります。ふだん召し上がっている糠漬《ぬかづ》けは塩気が足りないとおっしゃって、どうしたものかと思案していたところで」

助かったというように、おいちが小さく息を吐く。

おいちに紙包みを渡して奥の部屋へいくと、お常が縁側に坐《すわ》って裏庭を眺めていた。なんとなく、その背中がひとまわり小さくなったように見える。

「おや、おえんかえ。お入り」

「腰の調子はいかがですか。お望みでしたら、お灸《きゅう》の支度をいたしますが」

「腰はすっかり癒くなってね。だが、そうだね、肩を揉《も》んでくれるかい」

おえんは部屋に入り、お常の後ろへ膝《ひざ》をついた。

「棚倉《たなぐら》藩の小佐田《おさだ》勇之進《ゆうのしん》さまが、いつまた松井屋へお見えになるかもしれないだろう。そう思うと、寝込んではいられない気がしてね。このところは、町内を歩いてひとまわりしているんだよ。少しは足腰を鍛えないと」

お常の声には張りがあった。手で触れた肩もさほど瘦《や》せたふうにはなく、さっきのは単なるおえんの思い過ごしだったらしい。

「あの、小佐田さまのことで、その後、何か耳にしておられますか」

「文治郎の話では、商いの御用で木挽町《こびきちょう》のお屋敷へうかがった折に姿を見掛けたそうでね。ほんのちらっとだが、息災にしているようだったと……。痛《つ》ッ、そんなにぐいぐいやったら、肩が壊れるじゃないか」

「あ、あいすみません」

自分でも気づかぬうちに、指先に力が入っていた。

それにしても、文治郎である。友松《ともまつ》を見掛けたのなら見掛けたと、今しがた顔を合わせたときに話してくれてもよさそうなものではないか。

胸がむかむかして、おえんは話を変えた。

「何やら、めまいがなさるそうですね。店先で、文治郎さまがお医者を見送りに出ておいでで」

「町内をひとまわりしているときに、くらっとして……。でも、そんなに気にしなくてよいと、先生も診立ててくだすって」

「蘭方の先生なんだとか」

「蘭方のお医者に掛かったのは初めてだけれど、堤先生に診てもらうと、めまいはむろん、このへんに閊《つか》えていたものが、すうっと消えるんだ。まことに、蘭方というのはたいしたものだね」

そういって、お常がみぞおちのあたりに手を添える。

「東伯先生の診察と、何が違うのですか」

「舌を診たり、脈を取ったりするのは同じだけど、とにかくうんと話をしますよ」

「ふうん、どういったお話を」

「身体《からだ》の具合だけではなくて、その日にあったことや、庭に咲いた花のことや、何や彼《か》やと。堤先生は、どんな話でも、しまいまで聞いてくだすってね。それが嬉《うれ》しくて、こっちもお喋《しゃべ》りになる。話をして疲れるというのも可笑《おか》しいけれど、堤先生に診てもらった日はぐっすり眠れるんだよ。東伯先生は、年寄りの世間話などにつき合ってはくださらないし」

前にお常が体調を崩したとき、気の持ちようが肝要だと東伯に診立てられたことがある。堤篤三郎は、お常の肚《はら》にあるものを残らず吐き出させ、気持ちをすっきりさせようとしているのかもしれない。それが蘭方の療治といえるのかも、おえんには判断がつかないが、少なくともお常のような患者には効き目があるということだろう。

お常が首をぐるりとまわした。

「ああ、らくになった。おたねがいなくなって、女中たちも何かと忙しそうでね。肩を揉んでもらうのも、頼みづらくて」

「肩を揉むくらいでしたら、わたくしにお申し付けください。毎日というわけには参りませんけど」

腰を上げて場所を移ろうとすると、お常の前に置かれた湯呑《ゆの》みが空になっていた。

「お茶を淹《い》れ直して参りますね。少しばかり待っていてください」

湯呑みへ手を伸ばしたおえんに、お常がつぶやく。

「お前が文治郎とよりをもどしてくれたらいいのにねえ」

二

あくる朝、盥《たらい》を抱えて長屋の井戸端へ出てきたのは、おえんが一番乗りであった。

頭上には晴れた空が広がっている。ここ数日は曇天続きで、洗濯物が溜《た》まっていた。

汲《く》み上げた水を盥に移すと、井戸端にざざあっと音がはじける。

何ゆえ、大お内儀さまの声が聞こえないふりをしてしまったのだろう。

軽やかな水音の底に、己れに問いかける声が沈んでいく。

文治郎との復縁を、当の本人から申し込まれたのは、一年余り前のことである。二十日ほどおいて、返事をした。夫婦としてはもうやっていけないと、おえんが応じた場にはお常も居合わせていた。

それを承知で、お常は事を蒸し返したのだ。

釣瓶《つるべ》の縄を手繰り、二度めの水を汲む。ざざあっと音が立つ。

聞こえないふりをしたのは、復縁して松井屋にもどれば、いまは棚倉藩士となった友松とつながりを持つことができると、ほんの少しでも考えたから。

己れのずるさを、目の前に突き付けられた気がした。

おえんは盥の脇にしゃがむと、手を動かすことに集中した。ずるい心も、こんなふうに洗い流せたらと思う。

洗濯を終えて家にもどろうとすると、木戸口側にある家の腰高障子が開いた。

「ほう、おえんさん、もう洗濯をすませたのか。朝早くから精が出るな」

戸口を出てきた辰平《たっぺい》が、おえんの手にした盥を見て口をすぼめた。背負っている風《ふ》呂敷《ろしき》包みには、商売物の貸本が山のように積み上げられている。

「辰平さんこそ、ふだんよりも早いんじゃありませんか」

「近ごろ、持ち場が増えたんだ。齢をとって在所へ引っ込む仲間から、得意先を引き継いでね。このくらいに家を出ないと、全部まわりきれないんだよ。それじゃ」

軽く手を掲げた辰平が、木戸口へ向かう。

「行ってらっしゃい」

路地にこだました声が、思いのほか華やいでいた。おえんはいささか気恥ずかしくなり、あたりをうかがう。

どの家も朝の支度に大わらわで、母親が子供を起こす声や物音が表に洩《も》れてくる。おえんの声を気に留める人はなさそうだった。

四ツをまわったころ、長屋をおたねが訪ねてきた。

「まあ、ようこそ。どうぞ、中へ入って」

藤木屋に嫁いだあと、おたねは一度だけ挨拶《あいさつ》にきたが、それ以来である。

「おえんさまのところにも松井屋さんにも、いつでも行ってよいと主人は申すのですが、そう出歩いてばかりでは商家の女房は務まりませんし」

部屋に上がったおたねが、おえんの向かいに膝を折った。

「嫁いだのがお雛《ひな》様の頃だったから、もうじき三月《みつき》になるのね。どう、新しい暮らしに少しは慣れましたか」

「おかげさまで、つつがなくやっております。店の女中たちに台所仕事や身の回りの世話をしてもらうのには、とうぶん慣れそうにありませんが」

おたねが苦く笑う。もともと控えめで、喜怒哀楽を顔に出す女ではないが、表情がどことなく柔らかくなったようだ。

「おたねが仕合せそうで、何よりだわ。昨日、松井屋へ顔を出してきたけど、みんな変わりありませんでしたよ」

お常のめまいのことは、余計な気を遣わせるので口にしなかった。

しばし世間話に花を咲かせていると、おたねがわずかに顔つきを引き締めた。

「おえんさま、津野屋《つのや》のお布由《ふゆ》さんを憶《おぼ》えておいでですか」

「憶えてますとも。縁談の吟味をして差し上げたのだったわね。引き受けたときは、よもやお相手があんな方とは思わずに、お布由さんには気の毒なことでした」

「津野屋では、お布由さんにふさわしいお相手との仲立ちを、あらためておえんさまに頼みたいそうなのです。卯八《うはち》さまから主人に、お話がありまして」

藤木屋と津野屋は同業で、主人どうしが同い齢とあって、日ごろから親しく行き来する間柄であった。

「津野屋さんも水臭いじゃないの。藤木屋さんを介さずとも、じかに申し付けてくだされればよいのに」

「その、津野屋では友松坊っちゃんの一件を気に掛けているようでして」

十一年ほど前、隅田堤で花見をしていた友松をかどわかし、棚倉城下へ連れ去った久木《くき》磯太夫《いそだゆう》は、津野屋の縁戚《えんせき》であった。

「ですから、おえんさまの気が進まないのでしたら、無理を申し上げるつもりはないと」

おたねも、慎重に言葉を選んでいる。

久木磯太夫に対するおえんの気持ちは、友松の一件にいちおう片が付いたいまでも、とてもひとことで言い表すことはできないが、津野屋を恨むのはお門違いであった。

「それはそれ、お布由さんのこととは話が別だわ。近いうちに、こちらから訪ねてみますよ」

数日後、おえんは南新堀町にある津野屋へ出向いた。間口四間ほどの店先には、端然とした風情《ふぜい》が漂っている。

おえんが店土間に立つと、一組の客に手代が応対しているところで、帳場格子《どうし》の中にいた番頭が心得顔で近寄ってきた。

「お待ちしておりました。どうぞお上がりくださいまし」

店の奥にある客間に通されると、まもなく主人、卯八とその母、登美《とみ》が入ってくる。

「おえんさん、わざわざ足を運んでいただき恐れ入ります」

「その節はどうも……」

床の間を背にした卯八と、並んで坐った登美が頭を低くする。卯八は四十九歳、商人らしい物腰の柔らかな男で、七十手前の登美は目許《めもと》や口許に刻まれた皺《しわ》にも奥ゆかしさが漂っている。

友松や久木の話をしていても始まらないので、おえんから本題を切り出した。

「このほどは、お布由さんのお相手を探しておいでとうかがいまして」

「ええ、そうなのです。あの子も今年で十七になりましたし、こんどこそは」

登美が応じたとき、部屋の障子が開いて、お布由が茶を運んできた。

「ちょうどよかったわ。お布由、お前もおえんさんにご挨拶なさい」

お布由はおえんの前に湯呑みを置くと、登美の隣に膝を折った。すらりと伸びた指先を畳に揃《そろ》える。

「布由にございます。こたびはお世話になります」

前に見かけた折もそうであったが、立ち居振る舞いに品があり、しとやかな娘だ。

あれから半年も経《た》っていないのに、いくぶん落ち着きが加わったふうでもある。

「お布由さんは、ひとり娘でいなさるのですよね。お嫁にいくのではなく、お婿《むこ》を迎えると」

おえんが訊《たず》ねると、卯八が応じた。

「さようです。先般の縁談のあと、いくつか話はあったのですが、なんとなく乗り気になれませんで……。あのとき拝見したお手並みを思い返すと、おえんさんにお任せするのがもっとも心強いと、母とも考えが一致しましてね」

「どのような方をお望みですか。商家のご子息でふさわしい方を幾人か挙げて、あたりをつけることになりますが、津野屋さんは紙問屋ですし、紙に携わっている方がよろしいのでしょうね」

「手前どもは棚倉藩の御用達《ごようたし》を務めておりますので、それなりに素性がしっかりしていることが肝要でしょうな。いくら商売が上手でも、お武家さまに失礼な振る舞いがあるようでは困ります」

「ほかに、これといった注文は」

「とにもかくにも、お布由のよき伴侶《はんりょ》となってほしゅうございます。お笑いになるかもしれませんが、商売は夫婦仲に左右されるというのが、手前の持論でございましてね。と申しますのも、お布由の亡《な》くなった母親が、まことに気立てのよい女で、手前にもここにいる母にも、それは細やかに尽くしてくれまして」

「身体が弱く、若くしてあの世へ旅立ったのが悔やまれます」

登美が目を伏せ、部屋が少しばかりしんみりした。

「あの、とくだん紙に詳しい方にこだわらなくても……。わたしも、紙についてのあれこれを父に学んでおりますので」

おずおずと、お布由が口を開いた。

「へえ、お布由さんが」

「先の縁談があゝいうことになって、いろいろと思案するようになったんです。どんな方が旦那《だんな》さまになるにせよ、自分も人に頼ってばかりではいけないと、そう了簡《りょうけん》しまして」

控えめな口ぶりながら、真摯《しんし》な人柄がうかがえる。

「紙も、風合いや白さが土地ごとに異なるのですってね。藤木屋のおたねさんに聞いたことがありますよ」

「紙の持ち味によって、用途も異なるのです。津野屋の本店がある浜田城下で漉《す》かれる紙は、丈夫さが身上で、商家で用いる大福帳などに向いています。ほかにも、播磨《はりま》で漉かれる杉原紙などは、紙肌がすっきりと冴《さ》えていて、お寺のお坊さまからご所望いただいています」

「ふうん、たいそうな物知りですこと」

おえんはすっかり感心した。大人びて見えたのには、こういう背景もあったのかと得心がいく。

「なに、このくらいたいしたことはございません。物を知っているだけでは、商売になりませんのでな。お客とやりとりする中から何を求められているかを摑《つか》み、もっとも適した品をお出しする才覚がなくては」

卯八が謙遜《けんそん》し、お布由が肩をすくめる。

「紙についてはさておき、わたし、算盤《そろばん》が不得手なのです。八つある饅頭《まんじゅう》を四人で分けると、ひとり二つずつ食べられるといった勘定はできるのですが、紙の仕入れ値やじっさいの売り値などになると、ちんぷんかんぷんで……」

「それはお前、饅頭に目がないだけのことだろう」

卯八が娘をひやかすと、女たち三人から和やかな笑い声が上がった。

「注文をつけると申しても、商いのことは、おいおい覚えてもらえばよいのです。となるとつまるところ、人柄が第一になりますな」

「承知しました。お任せください」

「そういえば、金鍔《きんつば》が買ってあるのですよ。おえんさんにお出ししようと思っていたのに、忘れていたわ」

登美が思いついたようにいった。

「お祖母《ばあ》さま、わたしが持って参ります」

「ええと、台所にある戸棚の、左のほうの……。お前にわかるかしら。やっぱり、私でないと」

立ち上がった登美が部屋の出入り口へ向かおうとして、ふいによろけた。

「お祖母さまっ」

腰を浮かしかけていたお布由が、辛うじて登美を抱きとめる。向かいで見ていたおえんも、とっさに両手を前へ伸ばしていた。

「ちょ、ちょいと、つまずいただけで……。それに気がつかなかったのですよ」

体勢を立て直しながら、登美がお布由の脇に置かれていた盆を指差した。少しばかり弱ったような顔をおえんに向ける。

「齢をとったせいか、目がかすむようになりましてね。何でもないものにつまずいたりするのです」

「おや、目が」

「まるで靄《もや》の中にいるみたいで……。このごろは、だんだんひどくなっている気がしましてね。市谷にある茶ノ木稲荷《いなり》が眼病にご利益《りやく》があると聞いて、願を掛けたりもしましたが、さほど癒くなったふうには感じられません。いくらかでも見えているうちに、お布由の花嫁姿を目にできるとよいのですけど」

登美の声音に、切実な響きがにじんだ。

三

「というわけで、津野屋にお医者を取り次いだの。先生の診立てでは、登美さまの目は白底翳《しろそこひ》という病に罹《かか》っているのですって。手術を受ければ、元のように見ることもできるだろうと。でも、眼の球を鍼で突くとあって、登美さまが承知なさらなくてね。それはそうよ、わたくしだって最初に聞いたときは、血の気が引いたもの」

「へえ」

「先生が手術について話されるのを一緒に聞いていたお布由さんも、ふるえておいでで……。傍から見ていてもいじらしくて、まことにお祖母さま思いの娘さんだわ」

「はあ」

「ああいう娘さんには、なんとしても仕合せになってほしい。ここはひとつ腕によりをかけて、最良なお婿さんを見つけて差し上げないと」

「ふうん」

「もう、丈右衛門《じょうえもん》ったら」

丈右衛門は分厚く盛り上がった肩を丸め、床に重ね置かれた着物を一枚ずつ手にとっていた。おえんが仕立てた内職の針仕事である。半年ほど前に着物の仕立て直しを頼んできた長唄《ながうた》の師匠が、こんどはおさらい会で弟子たちに着せる揃いの衣装を注文してよこしたのだった。おえんの丁寧な仕事ぶりを気に入って、二度、三度と頼んでくれる客が増えている。

おえんの実家、小間物屋「丸屋《まるや》」で長らく番頭を任されていた丈右衛門は、いまは隠居の身であるが、昔と変わらぬ忠義の心でおえんに尽くしてくれる。長屋住まいとなったおえんが食べていけるのも、丈右衛門が内職を世話してくれるおかげであった。

「頼まれていた五着分、この仕上がりでしたら先方にも満足していただけるでしょう。ただし、繰り返し頼んでもらえるからといって、手を抜くなどはもってのほか。毎度、毎度の仕上がりが、信用につながるのです。それが商いの基本というもので」

頬を膨らませているおえんを見て、丈右衛門が首をかしげた。

「何やら話しておいででしたな」

「津野屋のお布由さんのことですよ」

おえんは長火鉢の猫板を手で打った。

「お前も憶えているでしょう」

「津野屋……、もちろんです」

「お布由さんにぴったりのお婿さんを見つけてほしいと、仲人《なこうど》を頼まれたの」

丈右衛門は露骨に嫌な顔をした。

「お嬢さんのお人よしには、ほとほと呆《あき》れましてございます。こう申しては何ですが、津野屋は久木さまのご縁戚。あまり深入りしないほうが、よくはございませんか」

「津野屋に罪はありませんよ。縁談の吟味をした折には、丈右衛門も手伝ってくれたじゃないの。あのとき行き場を失ったご縁の糸が、本当はどこのどなたとつながっているのか、お前だって気になるでしょうに」

「糸が結ばれようが、こんがらがろうが、手前は一向に気になりませんがね。ただし、お嬢さんに関しては違います」

「わ、わたくし？」

にわかに風向きが変わって、おえんはたじろいだ。

「手前は当座の仮住まいにと、この長屋を手配りしたのでございます。そもそも、お嬢さんが不貞を働くなどということがあるはずはございませんし、疑いが晴れれば松井屋へもどられるものと算段しておりましたのでな。よもや、ここまで長丁場になろうとは」

「わたくしは、ずっと住み続けても構いませんよ。周りも気さくな人たちばかりだし」

ぐいっと、丈右衛門の眉《まゆ》が持ち上がる。

「断じて、それはなりません。いつまでもこのような場所にお嬢さんを住まわせていては、亡き先代さまにも叱《しか》られます。他人《ひと》さまのことはさておき、自身のご縁の糸を気にしていただきたいものですな。しつこいようですが、文治郎さまと復縁なさるつもりはないのですか」

「ありませんよ」

おえんは即座に応じた。

「松井屋の大お内儀さまにも同じことを訊《き》かれて、自分とじっくり向き合ったの。松井屋へもどれば棚倉藩に関わっていられるし、小佐田勇之進さまが御使者に立って店を訪ねていらしたら、お顔を拝見できるかもしれない。とはいえ、文治郎さまとやり直す気には、どうしてもなれないの。己れの気持ちを偽っている母親など見たくないと、幸吉《こうきち》にもいわれたでしょう。その通りだわ」

幸吉はおえんが文治郎とのあいだに授かった次男だが、いまは川越の醬油《しょうゆ》問屋へ奉公する身であった。

丈右衛門は膝に置いた手を見つめていたが、ややあって顔を上げた。

「お気持ちは心得ました。松井屋にもどらないとなると、別に思案することもございますし」

「お前には、いつも厄介をかけてすまないと思っているのよ」

「まあ、向後《こうご》のことはいずれまた。こちらは預かって参ります」

仕立物を風呂敷に包むと、丈右衛門が腰を上げた。

「待って。話が終わってないわ」

「ほう、ほかに何か」

「お布由さんに引き合わせて差し上げるお相手のことですよ。どなたか、心当たりがあったら教えてほしいの」

何も聞こえなかったように背を向け、丈右衛門が框《かまち》を下りる。

「ちょ、丈右衛門」

慌《あわ》てて立ち上がると、履き物に足を入れた丈右衛門が振り返った。

「津野屋の仲人を引き受けたのはお嬢さんです。お相手は自分でお探しになるのが筋でございましょう。縁談の吟味をしたときも、手前はずいぶんと働かされたのですよ」

「そんなふうにいわなくても……。こんなことを頼めるのは、丈右衛門よりほかいないのよ。わかっているくせに」

「それはどうだか。なにも手前でなくとも、あの貸本屋がいるではございませんか」

心なしか、口調が拗《す》ねている。

「貸本屋……。たしかに、辰平さんは裏長屋から武家屋敷まで出入りしていて、どこにどんな男女がいるかをご存知ですよ。でも、大店《おおだな》のお婿にふさわしい殿方を見極めるのは、なかなか骨が折れるんじゃないかしら」

「ふむ」

「そこへいくと、丸屋の番頭を勤め上げて、暖簾分けを許されたお前は、商家の表も裏も知り抜いているわ。そういうお前のお眼鏡にかなう殿方に間違いはないと、わたくしは見込んでいるのよ」

丈右衛門の鼻が、ひくひく動く。

「それもそうですな。津野屋ほどの店に入る婿となると、誰でもよいというわけには参りませんでしょうし」

もうひと押しだ。おえんは顔の前で両手を合わせた。

「津野屋には、こたびこそ良縁を結んで差し上げなければ。いいかえ、念には念を入れて、くれぐれも慎重に頼みますよ」

四

月が替わり、六月も十日が過ぎた。

朝から小雨がそぼ降る中、身支度をととのえたおえんは松井屋へ向かった。お常に先日のようなことをまた持ち出されたらと思うとしばらく足が遠のいていたが、この雨をひとりで眺めている姿を想像すると、放ってもおけない。

台所女中に声を掛けて奥へ通してもらうと、折しも、お常の部屋には堤篤三郎が訪れていた。

「堤先生、ご苦労さまでございます」

「ああ、おえんさん。診察はもう少しで終わりますよ」

お常とふたりきりにならずにすむことにほっとしながら、おえんは蒲団《ふとん》のかたわらに控えているおいちの隣へ坐った。

お常は蒲団へ仰向けに寝て膝を立て、篤三郎が寝巻の上から腹をところどころ押さえては、痛みや違和がないかと訊ねている。

「お常さま、これでおしまいです。らくになさってください」

やがて、篤三郎はお常に声を掛けると、脇に置かれた小桶《こおけ》の水で手を洗った。

おいちが茶を淹れに部屋を出ていき、おえんは起き上がろうとしているお常の背中へまわって身体を支えた。

「大お内儀さま、お腹《なか》の調子がよろしくないのですか」

「そうなんだよ。めまいは治まったんだが、胸やけがするようでね。食欲もあまり湧《わ》かないし」

おえんに半纏《はんてん》を着せ掛けてもらいながら、お常が応《こた》える。

「塩気のきついものを召し上がって、胃が疲れているのではございませんか。例年、じめじめしたこの季節になると、大お内儀さまは食欲が落ちて、あっさりしたものを口になさいますよ。素麺《そうめん》とか、冷奴《ひややっこ》とか」

「おや、そうだったかえ」

「そのあたりの塩梅《あんばい》は、おたねが気を配っておりましたので、ご自身も気づいておられないかもしれませんね。たしか、お灸にも工夫をしていたかと。あとで、おいちに伝えておきましょう」

「ほう、お灸は結構ですね。血のめぐりがよくなり、食べたものの消化も進みます。だが、冷たいものを召し上がるのはほどほどに。冷えは万病のもとです」

薬を調合しながら、篤三郎が声を入れる。

外では、庭木の枝葉《えだは》を打つ雨音が、強くなったり弱くなったりしていた。

ふと、津野屋の登美のことが気になった。篤三郎を紹介する折は、むろんおえんも同道したが、関わったのはそこまでだ。篤三郎に目の手術を勧められたものの、登美はひどく怯《おび》えていたし、あいだに立ったおえんがちょくちょく顔を出しては、断るのも断れなくなるだろうと慮《おもんぱか》ったのである。

おえんが訊ねると、篤三郎が手を止めて応じた。

「あれから二度ばかり津野屋へうかがい、手術を受けることをようやく了承していただきました。とはいえ、気が進まないという患者にやたらと押しつけるつもりは毛頭ありません。瞳孔《どうこう》を拡《ひろ》げる蘭方の薬のおかげで手術が容易になったとはいえ、腕の未熟な医者が生半可なことをすると患者は命を落としかねませんし、場数を踏んだ医者であっても、ときには視力がもどらないこともありますので」

「必ずしもうまくいくとは限らないと……。それでも、登美さまは首を縦に振られたのですね」

「お布由さんから、幾つか質問を受けました。このあいだ手術についての説明を聞いたあと、わかりにくかった点や知りたい点などを登美さまと話し合われたそうです。ひとつずつ紙に書き出して、得心がいくまで幾度もお訊ねになりましてね。手前とお布由さんのやりとりを聞くうちに、登美さまも手術を受ける気持ちになられたのです」

「お布由さんは、お祖母さまの不安を少しでも取り除いてあげたいと思われたのでしょう」

「もちろん、手術にあたっては、手前と同じく医者をしている兄が助手として立ち会い、万全を期して臨みます」

「それで、手術はいつごろに」

「月の半ばを見込んでいます。術後しばらくは安静にしていただきますし、患者の目を布で覆《おお》っていますので。痛みもありますので、登美さまを見舞われるのでしたら半月ばかりあとがよろしいでしょう。手前は一日おきに往診しますので、ご案じなく」

部屋の障子が開き、おいちが盆を抱えてもどってきた。篤三郎に茶を出すと、おえんの横へきて小声で告げる。

「おえんさま、居間へいらしていただけますか。旦那さまが、お話ししたいことがあるそうです」

「あら、何かしら」

わけもなくどきりとして、お常のほうをうかがうが、お常は篤三郎と世間話に興じている。ひとこと断りを入れて、おえんは部屋を出た。

居間では、文治郎が煙草《たばこ》を吸っていた。窓障子を開け、雨の裏庭へ向けて煙を吐いている。

「あの、お話があるとか」

おえんを振り返った文治郎の顔は、光の加減か、いくぶん精彩を欠いて見えた。

「すまんな、おっ母さんの部屋へ行ってもよかったんだが、診察の邪魔になってはいかんのでな」

「胃の調子がすぐれないとのことですが、梅雨が明ければ元にもどられるんじゃないかしら」

おえんは文治郎の向かいに膝を折った。

「そうか。話というのはだな」

文治郎が、小さく咳払《せきばら》いする。

「おれに縁談を持ってきてくれないか」

「……」

「そろそろ後添いをもらおうと思ってね。それゆえ、縁談を」

黙って目瞬《まばた》きしているおえんに、文治郎が同じ言葉を繰り返す。

「つまり、お相手の女の方をわたくしに見つけてほしいと、そういうことですか」

ひとことずつ区切るように訊ねると、ゆっくりとうなずいた。

「松井屋も木挽町のお屋敷に味噌を納めるようになって、店の格が一段上がった。そうした店の主人がいつまでも独りでいては、何かと恰好《かっこう》がつかんのだ。おっ母さんを安心させてやりたい気持ちもある。お前とやり直したいと思った時期もあったが、きっぱりと断られたのでな」

「それは……」

文治郎が手にした煙管《きせる》を前へ押し出す。

「もう終わったことだ、未練がましい話はよしておくよ。ただ、後添いについては、おれの性分をわきまえたお前に世話してもらいたくてね。仲人の腕も、たいしたものだそうじゃないか」

　おえんは文治郎の顔をつくづくと眺めた。若い時分は商人にしておくのがもったいないような役者顔で、年齢を重ねたいまも目鼻の釣り合いはさほど崩れていない。それがかえって摑みどころのない、つるりとした人相に見えた。

五

　芽吹長屋の井戸端には、住人おさきの声が響いていた。

「辰平がこれまでよりも早く家を出て、帰ってくるのは遅くなっただろ。洗濯物や夕餉のお菜を、あたしが面倒みることになってさ。たかがひとり分、増えただけといっても、それなりに手間はかかるんだものね」

「へえ」

「当人は得意先が増えて商売繁盛《はんじょう》なんだろうが、こっちには一銭もまわってきやしない。姉弟《きょうだい》といったって、いい大人なんだ。自分の身の回りのことは、自分でしてもらいたいもんだよ」

「はあ」

「このさい新しいかみさんをもらったらと勧めても、素知らぬふりをして、話を別の方向へ持っていこうとするし。まったく何を考えてるんだか」

「ふうん」

「おえんさん、ちゃんと聞いておくれよ」

びくっと首を縮めると、おさきが渋い表情で見返している。

「どうしたんだい、ずっと上の空で」

「すみません、その……」

おえんが口ごもったとき、路地から足音が近づいてきて、おまつが顔を見せた。

「おはよ。あたしもいいかい」

「おまつさん、こちらへ」

おえんが横へずれると、おまつが洗濯物の入った盥を下ろす。ほどなく、おさきがおまつを相手に話し始めた。

おえんは文治郎のことで頭がいっぱいになっているのだった。縁談を世話してほしいと頼まれたときは、ただぽかんとするきりだったが、日が経つにつれ、さまざまな感情が湧き上がってきた。

文治郎が後添いをもらうことを前向きに捉《とら》えているという衝撃もある。その仲介をよりにもよって元の女房に依頼するという、身勝手さに対しての怒りもある。そして、自分でも何ゆえか判然としないが、ひとりになってしまうことへの怖さのような気持ちもあった。

三下り半を突き付けられてここへ引き移ってきた折、とうにひとりになったはずなのに……。

おさきやおまつも話を聞いてはくれるだろうが、おえんの立場をふまえて意を汲むことができるのは、丈右衛門をおいてほかにはいない。しかしながら、ふだんはしょっちゅう出入りしている丈右衛門が、この半月ばかりは音沙汰《おとさた》がなかった。

やがて、連日のように降り続いていた雨が上がり、青空に雲の峰が白く輝く季節となった。縁側の明かり障子を開け放ち、家で針を動かしているだけでも、汗が噴き出してくる。

丈右衛門が訪ねてきたのは、蟬《せみ》がさかんに鳴き立てている昼下がりであった。

「もうひと月も顔を見せないなんて……。どうしてもっと早く来てくれなかったの。首を長くして待っていたのよ」

戸口に立った途端、おえんになじるような声をぶつけられて、丈右衛門は面食らっていた。

「どうしても何も、くれぐれも慎重にと申されたのは、お嬢さんではございませんか。これでも相当、急いだのですが」

「ともかく、部屋に上がっておくれ」

おえんは土瓶に煮出してあった麦湯を湯呑みに注ぎ、丈右衛門の前に置く。

咽喉《のど》を鳴らしながら飲み下して、丈右衛門が話を切り出した。

「手前が津野屋さんの婿にと目星をつけたのは、竹川町にある『八仙堂《はっせんどう》』の次男、松《まつ》之助《のすけ》さんでございます」

「竹川町というと、京橋の南の」

「初めは深川界隈《かいわい》で探しておりましてな。土地の隠居仲間や、倅《せがれ》の商いのつながりから、誰かしら心当たりが浮かぶのではないかと思案したのです。しかし、これといった人物が見つかりませんで」

「そうなのよ。いざ探すとなると、難しいものでしょう」

「といって、見ず知らずの家に飛び込んで、岡っ引きの聞き込みのようなこともできませんしな。そうしたところ、女房の親戚筋から話がもたらされまして。こちらに、簡単な釣《つ》り書《がき》を持って参りました」

丈右衛門が懐《ふところ》から取り出した書状を受け取って、くまなく目を通す。

八仙堂は京扇子を扱っている老舗《しにせ》で、先代である松之助の父は隠居しており、当代を務める兄の壮兵衛《そうべえ》もすでに妻帯している。松之助は二十五歳、先ごろまで知り合いの商家へ商いの修業に出ていたのが、このほどもどってきたらしい。

「それにしても、この臭《にお》いには閉口しますな。魚河岸《うおがし》が近くにあるせいで、たまったものじゃない。こう暑いと、障子を閉めきることもかないませんし……。ますますって、お嬢さんをこんな場所に住まわせておくわけには参りません」

ぶつぶついいながら、丈右衛門が手拭《てぬぐ》いで額の汗を拭うが、その声はおえんの耳に入っていなかった。

「お手柄だわ、丈右衛門。さっそく、松之助さんとお布由さんのお見合いを手配りしましょう」

「へっ。事前に松之助さんとお会いにならなくて、よろしいのですか」

「いいのよ。丈右衛門のお内儀さんの親戚なら、きちんとした方に違いないもの」

「しかし、津野屋の仲人をしくじることはできないと、あれほど念入りに……」

おえんは長火鉢の引き出しを開け、中から暦本《れきほん》を取り出した。ふだんは茶簞笥《ちゃだんす》の後ろの壁に貼られた絵暦《えごよみ》で用が足りるが、日の吉凶を調べるには書物になっているものがより詳しい。

暦本に記された日付けを指差し、丈右衛門のほうに向ける。

「お見合いはこの日でどうかしら。お日柄もよさそうだし」

「なんと、あと十日もないではございませんか。八仙堂にしろ津野屋にしろ、支度が間に合わないのでは」

「だったら、半月先の、この日は」

丈右衛門はすぐには応えず、顎《あご》に手を当てた。

「本日は見合いではなく、お嬢さんが松之助さんと面談する日取りを決めようと参ったのです。八仙堂にも、そう伝えてありまして」

「そんな悠長なことはいってられないのよ」

我知らず尖《とが》った声を出していた。

丈右衛門が目を丸くする。

「い、いえ。いまのはこっちの話」

暦本を閉じると、おえんは居ずまいを正した。丈右衛門に微笑《ほほえ》んでみせるが、口角がひきつって思うようにいかない。

この縁談は、早急にまとめ上げなくてはならなかった。

何となれば、お布由には思いを寄せる相手がいると、おえんが見抜いたゆえである。

それと感づいたのは五日ばかり前、津野屋に登美を見舞った折だった。手術は無事にすみ、その後も順調に回復しているようだったが、光の刺激を避けるためもあって、登美の頭には白布が巻かれ、目許を覆っていた。

　横になっていた登美が、おえんの声を聞くと蒲団の脇から手を伸ばした。

「手術のあと、幾日かは痛みが続きましたが、いまは何ともありませんよ」

　おえんは登美の手を左右の手で包み込んだ。

「あんなに怖がっていらしたのに、よくぞ辛抱なさいましたね」

「あのまま放っておいて目が見えなくなるのなら、一か八か手術に賭《か》けてみようと思ったのです。堤先生のお話も丁寧で、得心できましたし……。それはそうと、お布由の婿は見つかりそうですか」

「それにつきましては手を尽くしているところで、いま少しお待ちいただければと」

　すると、その日も往診に訪れた篤三郎が、お布由に伴われて部屋へ入ってきた。

「登美さま、まずは白布を取り替えますね。目の周りの腫《は》れや出血がないかを見ますので、いつも通り、瞼《まぶた》を閉じているように。おえんさんと話をするのは構いません。そのほうが気も紛れて、身体に余分な力が入りませんので」

　おえんは登美の足許へ移り、話を続けることにした。

篤三郎が蒲団のかたわらに腰を下ろし、反対側にお布由が膝をつく。ごくしぜんな所作だった。

登美は床の中にいる暮らしに飽き飽きしているとみえ、世間で何が起きているかを聞きたがり、話の種には困らなかった。両国橋の見世物小屋に出ている曲馬《きょくば》が瓦版《かわらばん》になっているとか、米や醬油の値がじりじり上がってきているとかといった話をしているあいだに、篤三郎が登美に巻かれている白布を取り外し、目の具合をたしかめたのち、新しい白布で巻き直していく。

おえんは診察に差し支えがあってはならないと思い、いつでもお喋りを中断できるように気を配っていたのだが、話が遮られることはなかった。何気なく見ていると、白布を持つ篤三郎の手が登美の頭の後ろへさしかかろうとすると、お布由がすっと枕《まくら》を外している。

頃合いを見誤らぬよう、お布由の目が篤三郎へ向けられていた。その眼差《まなざ》しに、おえんはぴんときたのだ。

周囲の者たちは、いずれも気づいていないようだった。じっさい、父親の卯八がその場にいたとしても、気には留めなかっただろう。そのくらい、お布由の目に宿った焰《ほのお》は、ささやかなものだった。

しかし、かつて娘時分を送ったことのある者ならばたいてい、己れの内にあの焔が灯《とも》るのを、身をもって知っている。

白布で目を覆われている登美などは、かえって勘が研ぎ澄まされそうでもあるが、まるで察していなかった。娘であった日々は遠く過ぎ去り、往時の記憶が薄れているのかもしれない。

篤三郎を一心に見つめるお布由の姿が、いまも脳裡《のうり》に浮かぶ。残像を追い払うように、おえんはやにわに手を振った。

「お嬢さん、どうかなさったのですか」

丈右衛門が、いぶかしそうに眉をひそめている。

「え、ええと、そこに、蚊がいるみたい」

津野屋には、腕のよい蘭方医という触れ込みで篤三郎を引き合わせたものの、いつぞやおえんが通りで見かけた妻子があることは伝えていなかった。お布由は、当人にそのつもりはないにせよ、好きになってはいけない相手に思慕の念を抱いているのだ。

登美を見舞うまでは、文治郎とのことを聞いてもらおうと丈右衛門を待っていたのに、いまやどうでもよくなっていた。文治郎が後添いを望んでいるといっても、とりたてて急ぐ話ではない。

蚊がいると聞いて、丈右衛門は首の後ろや着物の袖を手で払っている。

おえんは膝の脇に置いた暦本を、いま一度、手に取った。見合いがうまく運んだ先には、結納や婚礼が控えている。

お布由の秘めた想《おも》いをほかの誰にも悟られぬうちに、何としても手を打たなくては。

六

おえんの思惑とは裏腹に、松之助とお布由の見合いが設けられるまでには、それからひと月も掛かった。おえんはじれったくてならなかったが、両家ともに相手方の家柄や店の内証、家族ひとりひとりの性分、親戚づき合いや交友関係などを調べようとすると、それなりの手間が掛かるのだ。

むろん、おえんも幾度か八仙堂へ足を運び、松之助をはじめ、兄で当代の壮兵衛や両親とも顔を合わせた。松之助は明るく快活な青年で、壮兵衛と両親も温かみのある人たちだった。

見合いの場となったのは、向島にある新梅屋敷だ。見合いというと、寺院の門前や神社の境内にある水茶屋で行われるのが世間の相場で、おえんは両家からもほど近い西本願寺に見当をつけていたのだが、白底翳の快癒した登美が、風情のある新梅屋敷でお布由のお供をして歩きたいといい出したのであった。

向島は、おえんには辛《つら》い思い出のある地で、長らく近づくのを避けていたが、ここ一年ほどの大きな動きを経て、胸が締めつけられるような感じはいくらか和らいでいた。

その日、おえんは津野屋へお布由を迎えに行き、登美や卯八とともに舟に乗って大川を遡《さかのぼ》った。

「川面《かわも》を吹いてくる風の気持ちよいこと。あそこに飛んでいる鳥は何かしら」

声を浮き立たせる登美の隣で、縹《はなだ》色の晴れ着に身を包んだお布由は言葉数も少なく、控えめにうつむいている。このひと月ほどで、頰のあたりがいくぶん痩せたようだ。

新梅屋敷は、いまからおよそ六十年前に築かれた当初はたいそうな数の梅が植えられ、亀戸《かめいど》にあった梅屋敷に対して新梅屋敷と名付けられたという。昨今では花木の種類も増えて、百花園とも呼ばれている。

扁額《へんがく》の掛かる表門をくぐると、園内には萩《はぎ》の花が咲き誇っていた。

「萩ばかりでなく、桔梗《ききょう》も撫子《なでしこ》も……。秋の七草が見頃を迎えていますよ」

「おっ母さん、久しぶりの外出《そとで》ではしゃぎたくなる気持ちもお察ししますが、いま少し落ち着いてください。お布由の見合いなのですよ」

卯八にたしなめられ、登美が肩をすくめる。

「かわいい孫娘の婿となる人にお目に掛かれると思うと、どうもそわそわして」

おえんはわずかに苦笑した。

「前もって打ち合わせた通り、津野屋さんは園内をひとめぐりしていらしてください。通路をこのまま進むと、池が見えて参りますので……」

「池のほとりに水茶屋がある。そのかたわらを、手前ども三人が通り過ぎる。と、そういう流れでよろしゅうございますな」

卯八が段取りを口でなぞった。

「松之助さんたちもそろそろお見えになる頃合いですので、わたくしは表門へ引き返します。水茶屋では、わたくしが松之助さんの横に坐りますので、目印になるかと」

「では、のちほど」

軽く腰をかがめ、卯八が通路へ足を向ける。その後ろを歩き始めたお布由の背中がいかにも心細そうで、おえんは声を掛けずにいられなかった。

「お布由さん、案じることはございませんよ。晴れ着がよく似合っておいでです」

わずかに振り返ったお布由の顔に、寂しそうな微笑が浮かんでいる。

おえんは胸がちくりとした。
お布由がそうした表情をするのも、無理はなかった。一日おきに津野屋へ通ってい
た堤篤三郎が、もう幾日も往診していない。登美の目が治癒して、頻繁に診察を受け
なくてよくなったのもあるが、篤三郎をお布由から遠ざけようと、おえんが画策して
いるのだ。
　登美は白底翳の療治を受けているあいだに脈がいくぶん弱くなっているとわかり、
目が一段落したあとも薬を飲むことになったのだが、それを篤三郎から聞いたおえん
は、津野屋へ薬を届ける役どころを自ら買って出た。
目の前から篤三郎がいなくなれば、お布由の秘めた想いもしぜんと薄らいでいくに
相違ない。松之助との新たな日々が始まる頃には、ほろ苦くもうつくしい思い出にな
っているだろう。
ただ、ひとつ引っ掛かるのは、篤三郎の素振りであった。
「堤先生が受け持つ患家はおおかた深川にあって、薬を届けるためだけに永代橋を渡
るのは、いささか手間でございましょう。わたくしは十日に一度は日本橋と深川を行
き来します。登美さまの薬は松井屋でお預かりし、わたくしが津野屋へお届けいたし
ますよ」

おえんがそう申し出たときに見せた顔つきが、ひどく物狂おしそうだったのだ。妻子ある身で、よもやお布由に懸想《けそう》しているとも思えないが、そうであればなおさら、津野屋に近づけるわけにはいかない。

刻限になっても、表門に八仙堂の松之助は現れなかった。兄の壮兵衛が付き添うといっていたが、それらしい顔もない。

四半刻《しはんとき》ほど待ってもふたりが姿を見せる気配はなく、おえんが気を揉んでいると、向こうから見覚えのある人影が転がるように近づいてきた。大柄でいかつい体格をした、あの男は……。

「丈右衛門、何ゆえお前がここに」

「いやはや、とんだことになりました」

舟から下りて田圃《たんぼ》の道を駆けに駆けたとみえ、丈右衛門は肩で息をしている。

「八仙堂の壮兵衛さんが、今朝方、亡くなったそうです。先ほど、手前のところに遣いがございまして」

「ど、ど、どういうこと」

「それが、手前にも詳細は……。なにぶん急な成り行きだったようで、八仙堂ではどなたも動揺が激しく、何も手につかないといった様子だと。手前がお嬢さんに報《しら》せることを引き受けて、こちらへ参ったのです」

愕然《がくぜん》としながらも、おえんは思案をめぐらせた。

「いずれにしても、松之助さんはお見えにならないのね。津野屋さんにもわけを話して、ひとまずは引き揚げましょう」

五日後、八仙堂は丈右衛門を通じて正式に縁談を辞退してきた。

「弔いに参列しましたが、壮兵衛さんに病の前触れらしいものは、いっさいなかったそうです。にわかに腹具合がおかしくなり、幾度も厠《かわや》へ通った末、帰らぬ人になったと……。ほんの三日ばかりのあいだにそうなったと申しますから、あっという間でございますな」

長屋を訪ねてきた丈右衛門が、沈痛な面持ちで語った。

「先に会った折には、潑剌《はつらつ》としていらしたのに……」

「弔いのあと、親戚一同で話し合いましてな。壮兵衛さん夫婦には子がありませんでしたので、ご新造を実家へ帰し、松之助さんが当主の座につく運びとなりました。ゆえに、津野屋との縁談を白紙にもどしていただけないかと」

「壮兵衛さんに跡取りがないのでは、松之助さんが八仙堂を継ぐほかないものね」

おえんは肩を上下させる。

「松之助さんとも少しばかり話しましたが、憔悴《しょうすい》しきっておられまして。喪が明けたら、またあらためてお詫《わ》びにうかがいたいとのことでした」

「そう」

「このようなときに不謹慎ではございますが、見合いの前だったのは不幸中の幸いでしたな。両家が顔を合わせたあとだと、話がややこしくなりますし」

おえんは丈右衛門とは別のことを考えていた。

これでまた、津野屋はお布由の縁談が潰《つい》えた恰好になる。いずれも津野屋に非はないとはいえ、卯八や登美はうっすらとした不穏を覚えるだろう。そして、一度ならず二度もご縁の糸を結びそこなったおえんの手腕を疑りたくなるのではなかろうか。

こういうことは隠そうとしても、どこからか外へ洩れるものだ。あの娘はいわくつきだと、お布由によからぬ噂《うわさ》が立たないともいい切れない。

縁談がふいになることで、お布由の中でいったん消えかけた焔が、いっきに燃え上がるかもしれなかった。そもそも、篤三郎を津野屋に取り次いだのもおえんである。

卯八や登美から、とんだ貧乏神だと疎《うと》んじられても文句はいえなかった。己れひとりならまだしも、津野屋におえんを引き合わせてくれた藤木屋与四兵衛やおたねにも恥をかかせることになる。

ああ、もう、どうしたら。

「お嬢さん、頭でも痛いのですか」

思わず頭を抱えたおえんに、丈右衛門が気遣わしそうな目を向けていた。

「丈右衛門……」

こうなっては、にっちもさっちもいかない。おえんは肚を括《くく》ると、洗いざらい丈右衛門に打ち明けた。

「……そうした仔細があって、こたびの縁談を急ごうとしたの。考えてもみておくれ、堤先生とお布由さんのあいだに過《あやま》ちでもあったら、わたくしの信用だけでなく津野屋さんの体面にも関わるでしょう。堤先生には女房も子もあると、お布由さんに本当のところを申し上げようかとも思案しましたよ。でも、あの年頃の娘が思い詰めると、何をしでかすか見当がつかないもの」

丈右衛門が長々とため息をついた。

「だから、いわんこっちゃない。こういうことになるから、他人さまのご縁を取り持つなどというお節介はやめてくださいと、幾度も申し上げているのです。懸念していた通りになりましたな」

毎度ながら丈右衛門のいうことはもっともで、おえんには返す言葉がない。

「それはそうと、先ほどから話をうかがっておりますと、お医者の堤先生とは、堤篤三郎先生のような気がしてならないのですが」

「あら」

おえんは目を見張った。

「蘭方医の堤篤三郎先生といえば、このところ深川界隈では引っ張りだこでございますのでな。手前の存じ寄りにも幾人か、先生に診ていただいている者がおります」

「なんだ、丈右衛門も存じ上げていたの」

「しかし、あの先生は独り身であったかと」

「そんなことないわ。お内儀さんや娘さんと手をつないで歩いていらしたのよ」

おえんは、いつであったか通りで見かけた光景を思い返す。

「お嬢さんが目になさったのは、おそらく、先生の姉さんとその娘さんでしょう」

「姉さんって……」

「材木町の大工に嫁いでおられましてな。日ごろから往診に飛び回っている先生を家に立ち寄らせて、食事の世話をなさっているのです。亭主の大工も懐の広い男だと、近所の連中が褒め囃《はや》しておりますよ」

「お前、やけに詳しいじゃないの」

丈右衛門がぼんのくぼに手をやった。

「津野屋の婿探しを申し付けられたとき、堤先生の名も頭に浮かびましてな。存じ寄りに聞き合わせて、少々、身の回りを調べさせていただいたのです。周囲の評判も上々でございましたが、津野屋では商家のご子息をお望みとのことでしたので、お嬢さんに申し上げるのを見送ったのです」

「じゃあ、わたくしがまるで了簡違いをしていたってこと……」

そう思ってみれば、おえんが津野屋へ薬を届けるといった折の、篤三郎の心が乱れたような表情にも合点がいく。

おえんはふたたび頭を抱えた。仲人ともあろう者が、結ばれようとしているご縁の糸を断ち切るのに躍起になっていたなんて。

七

「そうでしたか。人の生命は、はかないものでございますな。縁談がととのわなかったのは残念ですが、お兄さまがお亡くなりになったのでは、致し方ありません」

「しかしながら、こたびも駄目になるなんて。何といってお布由を慰めたらよいのやら」

　卯八が首を左右に振り、登美も肩を落とす。

　外ではさらりとした風が吹いているが、津野屋の客間には重苦しい空気が漂っていた。

　おえんは畳に指先を揃え、ひと息に言葉を続ける。

「つきましては、いまひとり、お布由さんの伴侶にふさわしいと思われる方の見当をつけて参りました。八仙堂さんとの縁談がこうなったばかりで、いささか性急ではございますが、卯八さまと登美さまもご存知の方です」

「どなたですか、それは」

　登美が訊ねる。

「堤篤三郎先生でございます」

　首をかしげた登美に代わって、卯八が口を開いた。

「何が何やら、話が飲み込めないのですが……」

　これまでの経緯を、おえんは己れの了簡違いも含めて包み隠さず語った。

「八仙堂さんから辞退の申し入れがあったのち、堤先生の許へうかがって参りました。心根のやさしいお布由さんを、先生も好ましく思われていたようです。わたくしがそそっかしいばかりに、あやうくご縁の糸を取り違えるところでした。お布由さんにも、まことに申し訳ないことを……」

「おえんさん、ちょ、ちょっと待ってください」

卯八が立ち上がり、あたふたと部屋を出ていく。しばらくすると、お布由を伴ってもどってきた。

お布由を隣に坐らせて、卯八がおえんに顔を向ける。

「娘にもざっと話を聞きましたが、おおよそおえんさんのおっしゃる通りでございました。恥ずかしながら、手前どもはちっとも気がつきませんで」

卯八が額ぎわを指先で掻《か》き、登美がお布由の顔をのぞき込む。

「それならそうと、私にだけでも話してくれたらよかったのに。何ゆえ黙っていたの」

お布由が悩ましそうに眉根を寄せた。

「わたしは紙問屋の跡取り娘、堤先生はお医者さま。いくらお慕いしたところで、どうなるものでもないでしょう」

「お布由……」

「お父《と》っつぁんとお祖母さまがわたしの仕合せを願ってくれているのは、痛いほどわかっています。それゆえ、松之助さんをお婿に迎えるのが何よりの孝行と己れにいい聞かせて、お見合いすると決めたのです。おえんさんが太鼓判を押す方なら、津野屋を守《も》り立ててくださると思いましたし」

「お布由さん、ごめんなさい。せっかく信用していただいたのに、裏切るようなことになって」

おえんは畳にひれ伏した。

「おえんさん、そんなふうになさらないでください。わたしの了簡が甘かったのです。向島へ参ったものの、いざとなると胸が潰《つぶ》れそうで……。己れに嘘《うそ》をつくと、仕合せから遠ざかっていくのだと思い知りました」

お布由が手許に目を落とす。

おえんは顔を上げて卯八を見た。

「堤先生も、ご自身が医者だということを気にしておられました。あの、出過ぎたことを申し上げるようですが、堤先生がこちらさまに婿入りして、医者を続ける道はないものでしょうか」

無茶な相談を持ち掛けているのはわきまえていたが、そそっかしい仲人としてせめてもの罪滅ぼしができればと、その一念であった。

「己れの気持ちを偽ったところで誰も仕合せにすることはできないと、わたくしも身に覚えがございます。お布由さんが辛い思いをしていては、とても孝行にはならないでしょう」

おえんの脳裡を、幸吉との苦い過去がよぎった。

「ううむ」

卯八が低くうなり、腕組みになる。

近くに竹藪《たけやぶ》でもあるのか、さやさやと葉擦れの音が聞こえていた。

「なんともいえず、心地よかったのですよ」

登美がぽつりとつぶやいた。

「目の手術を受けた折はあまりの痛さに気を失って、正気に返ったのは、頭に巻かれた白布を取り替えられているときでした。時折、ふわっと頭が持ち上がって、どこも苦しくないの。むろん、目の痛みは続いていたけれど、傷に響かないようにと気遣ってくれているのが、白布を巻く手、頭に添えられた手のいずれからも伝わってきて……。あれは、堤先生とお布由の気持ちが通じ合っていたからこそ、なせる業だったのね」

「お祖母さま……」

「白布を外されて視力がもどったときは、翳がすっかり払われて、まるで異国へ参ったような心持ちがしましたよ。お布由の目鼻立ちも、くっきりと見えるようになりましたしね。ですが、こんな物悲しそうな顔をする子だったかと、いぶかしく思っていたの。いまの話を聞いて、腑《ふ》に落ちました」

そういって、登美が卯八に膝を向ける。

「息の合う相手を、お布由は自分で見つけたのです。私たちのほかに誰がふたりを支えてやれるというのかえ」

沈思していた卯八が、ゆっくりと腕を解いた。

「女房に先立たれたとき、お布由はまだ四つ。母親がいなくなったのを子供ながらに受け入れようとして、涙をこらえる姿がけなげでしてね。どうあってもこの子を守っていかなくてはと、気の引き締まるような心持ちがしたものです。それがいつのまにやら、大人になっていたのでございますなあ」

しみじみといってお布由を見つめ、やがて、おえんに向き直る。

「堤先生には母の目を治していただいて、心の底から敬服しております。店にはしっかりした番頭がおりますし、手前もとうぶん隠居するつもりはありませんから、堤先生が医者を続けられても、商いに差し支えはございません。何より大切なのは、娘の仕合せ。そもそも、人柄が第一と申したのは、手前でございますしな」

「では、このお話を進めさせていただいても」

おえんの声に、卯八がかたくうなずいた。

「お父っつぁん……。わたしも商いの役に立てるよう、紙についてもっと学びます。それに、算盤も」

お布由が口許をほころばせた。

縁側に陽が射《さ》しかけ、障子を明るく染めている。

形見の仕覆《しふく》

一

いまは三十四歳になったおえんが、十になるやならずの時分であっただろうか、日が暮れて暗くなった町を、かりんとう売りが商ってまわるようになった。夕餉《ゆうげ》をすませた頃になると、「かりんとう、深川名物ー、かりんーとっ」と、どこからか売り声が聞こえてくる。食べたいと母にねだると、夕餉でお腹《なか》がいっぱいになったばかりでしょう、とたしなめられるのがいつものことだった。

おえんがよほど恨めしそうな顔をしていたのか、あるとき、実家の番頭を務めていた丈右衛門が、母に断りを入れて買ってきてくれた。

かりんとうは、うどん粉を水で練って棒状にし、油で揚げて黒砂糖をまぶした菓子だ。かりっとした歯応《はごた》えと素朴な味わいに、ほんのりとした甘みが加わって、丈右衛門の淹《い》れた茶に合わせていただくと、気持ちが柔らかくなるようだった。

我ながら、なんと恵まれた子供時分であったことか。

おえんが思い出に浸っていると、かたわらにいる男から声を掛けられた。

「お客さま、いま少し前へ詰めていただけますか」

　神田雉子町《きじちょう》にある「小菊堂《こぎくどう》」の店先だった。もっとも、おえんは往来に伸びた客の行列に並んでいて、店の入り口はまだ五間ばかり先にある。

　かりんとう売りといえば、これまでは品の入った箱を胸に抱えた振り売りよりほか見たことがなかったが、小菊堂は裏通りにあるとはいえ、れっきとした店売《たな》りだ。

　行列には、子供を連れた長屋のかみさんや年寄りなどに交じって、仕事場を抜け出してきたとおぼしき職人姿も見受けられた。女や子供ばかりか男たちまでもが行列に加わっているのには、小菊堂ならではの理由《わけ》があるのだ。

　店から手代が出て行列を取り仕切っているので、おえんの前に並んでいる客たちは次々に捌《さば》けていき、すんなりと順がめぐってきた。

「次の方、注文をどうぞ」

「あの、しょっぱいのをふた袋と、辛いのをひと袋ください」

「辛いのは、加減をいかがいたしましょうか。大辛《おおから》、中辛《ちゅうから》、小辛《しょうから》とございますが」

「じゃあ、小辛で」

「かしこまりました」

　おえんは紙包みを受け取ると、勘定をすませて店を出た。

小菊堂では、ふつうの甘いかりんとうのほかに、先ごろ売り出されたばかりの塩味と唐辛子味がたいそうな好評を得て、連日、買い物客が店の前に列をなすようになったのだった。男たちには、茶請けというよりも酒の肴《さかな》としてもてはやされているようだ。

おえんに小菊堂の話をもたらしたのは、松井屋のお常であった。お常は近所の隠居仲間から、いっぷう変わったかりんとうがあると耳にしたという。このところ、塩気の濃い味付けを好むようになったお常は、すっかり心が引かれた様子だった。

「上菓子ならともかく、駄菓子を買うのに店の奉公人を神田まで遣いに出すのは気が引けるし、といって、文治郎に頼むのもねえ。棚倉藩御用達《ごようたし》を務める松井屋の当主が、裏通りの小店《こだな》の行列に並ぶだなんて、知っている人にでも見られたら、みっともないじゃないか。それでね、おえん」

お前が行ってくれないか、とお常の口が動くより先に、わたくしが参りましょう、とみずから申し出たのだった。

ずいぶんと厚かましいものの頼みようであったが、もう腹も立たなかった。親子というのはこうも似るものかと、妙に感心したきりだ。

「本日は、これでおしまいでございます」

「えっ。ひと袋で構いませんから、分けていただけませんか」

声のするほうに目をやると、ひとりの女が小菊堂の手代と話していた。女はおえんの二、三人後ろに並んでいたようだ。

「あいにく、唐辛子が切れてしまいまして。その日にこしらえる分の材が尽きると、売り切れになるのでございます。甘いのでしたら、ご用意できるのですが」

手代がすまなそうに応じている。

「こちらの辛いかりんとうの評判を聞き、手前の主人がぜひひとも食してみたいと申しまして、それで参ったのです」

「申し訳ございませんが、明日、出直していただければと」

唐辛子味が売り切れたとはいっても、行列は残っている。手代は頭を低くすると、女の前を離れた。

「明日は出てこられないのに……。どうしましょう」

諦《あきら》めがつかないとみえ、女はその場でぐずぐずしていた。店先へ目をやっては、首を横に振っている。

髪型や身なりから察するに、どこかのお店勤め、それもかなり裕福な商家に奉公する女中であろう。四十代半ばくらいか、年恰好《としかっこう》がどことなくおたねを連想させ、おえんは黙って見ていられなくなった。

「あの、小辛でよろしければ、お譲りできますけど」

店先を見つめていた女が、おえんを振り返った。一重のすっきりした目が、当惑したようにまたたいている。

「お店のご主人からいいつかって、お遣いにいらしたのでしょう。買ってもどらないと、ご機嫌を損ねるのではありませんか」

「でも、そちらさまも行列に並ばれたのでは」

話を飲み込んだらしく、女が遠慮ぎみに応じる。

「わたくしは、いつでも参れますから、ご遠慮なさらず」

女はわずかに思案すると、

「それでは、お言葉に甘えさせていただいて」

身体《からだ》をずらし、おえんの目につかないところで財布を取り出す。ややあって、ためらいがちに口を開いた。

「少々まとめて買うつもりでしたので、細かい持ち合わせがないのですが」

女が差し出したのは、二朱金であった。

かりんとうはひと袋が十二文で、いかほどの釣り銭を女に渡せばよいのか、とっさにおえんは勘定ができなかったが、手持ちの銭ではとうてい間に合わないことだけは、すぐに見当がついた。

「まあ、弱りましたね。ですが、ようございます。ひと袋、差し上げますよ」

「いえ、それはいけません」

「けれど、お店のご主人が楽しみに待っておられるのでしょう」

「見ず知らずの方に、そのようにおこがましいことを」

ちょっとした押し問答になった。列をこしらえている客たちも、好奇の目をふたりへ向けている。

「それじゃ、半分こにしませんか。わたくしも自分から声を掛けた手前、このままでは引っ込みがつかないんですよ」

おえんの口から本音が洩《も》れると、ごく真面目《まじめ》な顔つきで応じていた女が目許《めもと》を弛《ゆる》めた。

「たしかに、あまり遠慮をしすぎては、せっかくのご厚意を台無しにしてしまいますわね」

店の手代に事情を話し、おえんの買った小辛のかりんとうを半分ずつに分けてほしいと頼むと、こころよく引き受けてくれた。

「おかげさまで、主人をがっかりさせずにすみます。ご親切、まことに痛み入ります」

店を出たところで、小さな包みを手にした女が深々と腰を折った。

かりんとうごときに痛み入るだなんて、律儀というか、大げさというか。

そういうところもおたねに似ていると、おえんは少しばかり可笑しくなった。

二

あくる日、おえんは深川佐賀町にある松井屋へ足を向けた。

九月にさしかかり、高くなった空には鰯雲《いわしぐも》が浮かんでいる。頬を撫《な》でる風はさらりとしているが、お天道《てんと》さまの下を四半刻《しはんとき》も歩くと、額にうっすらと汗をかいた。

台所女中に声を掛けてお常の部屋へ通してもらうと、先客があった。

「おや、おえんさん」

「堤先生、往診にいらしていたのですね。中に入ってもよろしいですか」

「構いませんが、これからお腹の触診をするので、いま少しかかりますよ」

蘭方医《らんぽうい》の堤篤三郎と津野屋のお布由の縁談は、あれからとんとん拍子にまとまって、こんどの年明けに祝言《しゅうげん》を挙げる運びとなっていた。

蒲団《ふとん》に仰向けになっているお常が枕《まくら》の上の頭をもたげ、おえんの抱えている紙包みに目を留めた。

「それは、例のかりんとうかい」

おえんがうなずくのを見て、言葉を続ける。

「診察が終わったら、味見をしてみよう。お茶も飲みたいねえ。先生も、一緒にいかがですか。塩味のかりんとうなんですよ」

「ふうん、塩味ですか。珍しいものがあるのですね」

お常は枕に頭をもどすと、かたわらに付き添っている女中、おいちに顔を向けた。

「居間の長火鉢のところに、到来物の宇治茶があっただろう。あれをおえんに淹れてもらって、お前は横で見ていなさい。美味《おい》しく淹れるこつがあるはずだから」

それを聞いた堤が、お常をのぞき込む。

「ほう、おえんさんはお茶を淹れるのがお上手なのですか」

「そうなんですよ。ほかのことはさておき、お茶を淹れるのだけは、ほかの誰もかなわないんです」

「およしください、恥ずかしゅうございます。実家の番頭が淹れるのを見よう見まねで覚えただけで、きちんとしたお稽古《けいこ》にも通っておりませんし」

おえんはどぎまぎしながら腰を上げ、おいちと共に廊下へ出た。

「おえんさま、居間の長火鉢には鉄瓶が掛かっていますが、その湯を使われますか」

「湯は、できれば新しく沸かしたほうがよいのだけど」

おいちが水を汲《く》みに台所へ下がり、おえんは居間に入って茶の支度にかかる。

ほどなく、おいちが水の入った鉄瓶を提げてくると、長火鉢に掛かっていた鉄瓶と取り替えた。おえんはおいちと話しながら、湯が沸くのを待つ。

「大《おお》お内儀《かみ》さまの食欲は、もどってこられたのかしら。胸やけがするとおっしゃっていたでしょう」

「夏のあいだは膳《ぜん》のものを残されたりしましたが、涼しくなってからは、そういうことはなくなりました。おえんさまに小菊堂の話をなさったあと、次はいつお見えになるかと、心待ちにしておられましたよ」

「そう。塩味の濃いものばかりでは、あまり身体によくないのでしょうけど、いまは食べることくらいしか楽しみがなさそうだし」

しばらくすると、鉄瓶から湯気が上がり始めた。

「湯は沸かしたてを使うこと。鉄瓶を長く火に掛けておくと、湯に錆《さび》の匂《にお》いが移りますからね。この茶筒に入っているのは玉露だから、湯をほどよく冷まして、甘みと旨《うま》みをじっくりと引き出しましょう。煮えたぎるような湯で淹れると、渋くて苦いばかりの茶になってしまうの」

おえんは鉄瓶の湯を空《から》の急須《きゅうす》に注ぎ、それを人数分の湯呑《ゆの》みに注ぎ分けた。

「鉄瓶から急須、急須から湯呑みへ注がれるあいだに、かんかんに沸いていた湯がちょうどよく冷めるし、それぞれの器も温まるのよ」

そうしておいて、茶葉を急須へ入れ、そこに湯呑みの湯をもどして蓋《ふた》をする。

おいちは三十代半ばだが、古参の女中ではなく、おえんにはさほど身近な存在ではなかった。ただ、齢《とし》が近いという気安さはある。当人は他人《ひと》の話に耳を傾ける素直さを持ち合わせていて、おえんのひとつひとつの所作を見逃すまいと、食い入るように見つめている。

おえんは急須の中で茶葉が開いたのをたしかめ、湯呑みに少しずつまわし注いだ。

「お茶の色が澄んでいますね」

おいちから感嘆の声が上がった。

「どうぞ、部屋へ運んで差し上げて。わたくしは火の始末をして参ります。それから、かりんとうを菓子鉢か何かに移し替えないと、堤先生に失礼ですよ」

「かしこまりました」

おいちが部屋を出ていったあと、松井屋の人間でもないのに指図するような物言いをしたことを、おえんは少しばかり悔いた。相手がおたねであれば気にするほどでもないのに、いままで通りにはいかないのだと、思い知らされたようだった。

それにしても、大お内儀さまは……。

おえんは窓障子の開け放たれている縁側へ目をやった。

人前でおえんの淹れる茶を手放しに褒めるなど、これまでのお常からは考えられないことだった。体調を崩したときに気弱な言葉を口にすることはあったが、今しがたのはそういうのとも違う気がする。おたねが藤木屋へ嫁ぐと定まったのち、短いあいだにお付きの女中がころころ変わって、お常もなんとなく調子が狂っているのかもしれない。

さっきまで日が照っていたのに、裏庭がいくぶん翳《かげ》って、植わっている緑が一様にくすんで見える。

「おえん、そこにいるのか。誰かと話していたようだが」

次の間との襖《ふすま》越しに文治郎の声がして、おえんは膝《ひざ》をずらした。

「大お内儀さまに、かりんとうを買って参りましてね。おいちと、お茶を淹れていたのです。あの、そちらへうかがいましょうか」

隣は文治郎の居室である。

「いや、寄り合いから帰ってきて、着替えているところでな。なんだか妙な陽気で、汗をかいてしまったよ」

おえんは長火鉢に向き直り、火箸《ひばし》を手にした。

「三月《みつき》ばかり前に、おれの縁談を頼んだろう。その後、どうなっている」

この夏は堤とお布由の一件で忙しく、文治郎のことは後まわしになっていた。

「わたくしも何かとばたばたしておりましてね。そちらの縁談に掛かりきりにもなれないのですよ。そもそも、どういった方をお望みなのか、うかがっておりませんでしたね」

「ふむ、そうだな。齢はお前と同じくらいか、もうちょっと若いのがいいな」

おえんは失笑を嚙《か》み殺した。

「それはそうと、松井屋の跡継ぎはいかがなさるおつもりですか」

「どうした、藪《やぶ》から棒に。店は幸吉に継がせるに決まっているじゃないか。いずれにせよ、友松はもどってこないのだし」

「でしたら、幸吉を川越から呼びもどし、松井屋の身代を担《にな》う当主としての心得をみっちりと仕込むのが、第一なのではありませんか。旦那《だんな》さまが若い後妻をお迎えになれば、その、子宝に恵まれることもあるでしょうし」

「そ、それは、お前」

文治郎の声がたじろぐ。

「松井屋を追い出されはしても、わたくしは幸吉の母親です。旦那さまに後添いをお世話して、幸吉の立場が脅《おびや》かされるようなことにでもなったら、あの子に対して申し訳が立ちません」

襖の向こうが静かになった。

まずは幸吉が仕合せになれる筋道をつけてやること。文治郎の後妻話は、それからである。おえんは長火鉢の灰を搔《か》きならすと、湯が半分ほど残っている鉄瓶を五徳に載せて立ち上がった。居間の出入り口へ歩みを進める。

「じつは、木挽町のお屋敷から、縁談を持ち掛けられているのだ。相手の女は、棚倉城下にある商家の娘だそうでな。いや、正式に申し入れがあったわけじゃない。ただ、いろいろと話を聞くと、どうも裏があるようで、気が進まんのだ。それゆえお前に……」

文治郎がふたたび話し始めたが、廊下へ出たおえんの耳に、その声は届いていなかった。

お常の部屋にもどると、お常と堤が茶を飲みながら談笑していた。

「おえん、お前もかりんとうをお上がり。しょっぱくて、でもほんのちょっと甘みもあって、美味しいことといったら」

「お茶の苦味ともよく合って、手が止まらなくなりますよ」

話がはずんで、おえんが芽吹長屋に帰ってきたのは七ツすぎであった。路地を入っていくと、家の前に人が立っている。

「あの、わたくしに何かご用でしょうか」

近寄って声を掛けると、男が振り向いた。齢は五十前後、頭を剃髪《ていはつ》し、鼠茶《ねずちゃ》色の着物に黒羽織という出《い》で立《た》ちだが、顔に見覚えはない。

「おえんというのは、お前さんかね」

男が訊《たず》ねる。粘りつくようなだみ声だ。

「そうですが、どちらさまで」

「平田《ひらた》仙斎《せんさい》と申す」

そう名乗られても、心当たりがなかった。

折しも隣の腰高障子が開き、おさきが顔をのぞかせる。

「おえんさん、ちょいと」

手招きされて、おえんが平田から離れると、おさきが声をひそめた。

「その人、半刻も前から待ってるんだよ」

「まあ、そんなに」

「おえんさんの帰りがいつになるかわからなかったし、待たせておくのも気の毒だろ。言づてがあれば承りますっていったんだけど、構わないって。あのさ、何だかおっかない感じの人だよね」

「おさきさん、そんなことというと失礼でしょ」

とはいうものの、平田がどことなく近寄りがたいものを漂わせているのは、おえんも感じ取っていた。

背後で咳払《せきばら》いが聞こえた。

「そこに書かれていることで、少々、お訊ねしたいのだが」

平田が、家の戸口に掛かっている木札を指差している。

「あ、ご用向きは縁結びでございましたか。それなら、中でお話をうかがいましょう」

男女の仲立ちを依頼するのが照れ臭いのか、やけにむすりとした表情で訪ねてくる客は少なくなかった。

平田もその口か、年齢からいって、倅《せがれ》や娘の縁談を頼みにきたのかもしれない。

そう見積もって、おえんは平田を部屋に上げたのであった。が、しかし。

三

十日後、おえんは内職の針仕事を持ってきた丈右衛門の向かいで、頭を抱えていた。

「春先だったか、津野屋のお布由さんに舞い込んだ縁談の吟味をして差し上げたでしょう。平田さまは、その縁談を取り持った仲人《なこうど》だったの。こちらへ苦情を申し立てに見えたのよ」

「半年余りも前の話ではございませんか。何をいまさら」

丈右衛門が怪訝《けげん》そうな顔をする。

「あの折は、殿方の不行状を見落としたご自分にも手落ちがあったからと、談判するのを控えたそうなんだけど、こたびに至っては見過ごすことはできないと」

「こたびといいますと」

「もともと平田さまは、津野屋さんに出入りしていたお医者なのよ。わたくしが堤先生とお布由さんのあいだを仲立ちしたものだから……」

「ははあ。その平田という医者は、春先には津野屋に持ち込んだ縁談をぶち壊しにされ、こたびは堤先生に患家を奪われたのですな。いずれも、お嬢さんが関わっていなければ、そうはならなかったはず。ゆえに、自分のしまを荒らすなとねじ込んできたと、そういうわけで」

「しまを荒らすだなんて、柄の悪い。そんなつもりは、さらさらなかったのよ。とはいえ、お医者が前の縁談を世話したということが、すっかり頭から抜け落ちていて……」

一度ならず二度までも顔に泥を塗るような真似《まね》をされては黙ってもいられないと、平田は憤懣《ふんまん》やる方ないといった表情をしていた。大きな声こそ出さないものの、おえんのせいでどれほどの迷惑をこうむったかを、言葉やいい方を変えながらくどくどと述べ立てるのが、どことなく薄気味悪くもあった。

「それで、幾らかを償ってくれと詰め寄られましたかな」

おえんは、丈右衛門の顔をまじまじと見つめた。

「お前、どうしてわかるの」

「その医者は、あの放蕩《ほうとう》息子にほとほと手を焼いていた親から、祝儀をはずむので適当な落ち着き先を見つけてほしいと頼み込まれたに違いありません。おそらく、お金を目当てに引き受けたのでしょうな。それがふいになったあげく、医者としての面子《めんつ》まで失ったのです。名目は何にせよ、幾ばくかをお嬢さんから取り立てたくなるのが、人情というもので」

丈右衛門の口ぶりは、まるで平田の胸の内を代弁するかのようだった。

「平田さまは、仲人の祝儀を見込んで、家の造作に手を入れたのですって。とんだ番狂わせを食わされたと、ひどくご立腹でね。詫《わ》び料として、わたくしに一両を払えと」

「おお、一両と。向こうも大きく出ましたな」

丈右衛門が分厚い手で膝を叩《たた》く。

「お前はいったい、どちら側についているのかえ」

おえんに嫌みをいわれても、丈右衛門は平然と構えている。

「いずれにしても、これでおわかりになりましたでしょう。世の中には祝儀を当て込んで仲人を請け負う手合いがいて、依頼するほうもそれを承知している。言い換えれば、仲人というのは金子《きんす》さえ積めばそれなりの相手と引き合わせてくれるものと、世間から見做《みな》されているのです」

「そんなふうにいっては、身も蓋もないじゃないの」

「手前はただ、ご縁の糸だの仕合せだのといった奇麗事で片付くものではないと申し上げているだけで」

丈右衛門は、いつにも増して手ごわかった。

ひと息入れようと、おえんは丈右衛門の前に出ている湯呑みに茶を注ぎ足す。

「それはともかく、ものは相談なんだけど、お前に託しているお金があるでしょう。あれを払い出せないかと」

男女の縁を仲立ちした折に受け取った祝儀を、おえんは丈右衛門に預かってもらっていた。倹約を心掛けてはいるものの、手許にまとまったお金があると、つい気が大きくなってしまうのだ。縁結びを始めた頃に手にした祝儀は、そんなわけでいつのまにやら尽きていた。

「よもや、その医者に渡すおつもりでは」

「だって、ほかに思いつく手がないんだもの。詫び料に一両も払えだなんて言い掛かりもいいところだけど、こちらに非があったのは否《いな》めないし……」

「しかしながら、お預かりしているのは、一分そこそこといったところですが」

おえんは胸の前で両手を合わせる。

「足りない分は、丈右衛門に融通してもらえないかしら。もちろん、借りたお金は少しずつ返しますよ」

「お断りいたします」

丈右衛門が即答した。

「手前の手許にあるお金は、いずれお嬢さんがしかるべきところへ縁付かれる折の支度金となるものでございます。縁結びのしくじりを穴埋めするお金ではありません」

「じゃあ、どうすれば」

「この際、仲人などはきっぱりとお辞めになり、長屋を引き払われてはいかがですか。そうしましたら、手前からご祝儀に一両、差し上げてもようございますよ」

口許に歯をのぞかせ、にやりと笑う。

おえんが黙り込むと、丈右衛門は湯呑みに残っている茶を飲んで腰を上げた。

「では、手前はこれにて」

「丈右衛門、待っておくれ」

土間に下りた丈右衛門が、おもむろに振り返る。

「その手には乗りませんよ。いつもこのあたりで待ったが掛かって、何だかんだといくるめられるのです。ご自分で蒔《ま》いた種は、ご自分で刈っていただきとうございますな」

「お金の算段は別にして、これを丈右衛門に」

おえんは、小菊堂で買ったかりんとうの包みを差し出した。

「しょっぱいかりんとうがあるなんて、知らないでしょう。たいそうな人気で、行列に並ばないと買えないのよ」

「お嬢さんが、行列に」

包みを手にした丈右衛門が、おえんを見る。

「松井屋の大お内儀さまや堤先生も、気に入ってくだすったの。丈右衛門から伝授された通りに淹れた玉露も、かりんとうの味わいにぴったりでね」

「手前のために、お嬢さんが、わざわざ……」

「お前のお内儀さんと、食べておくれ。口に合うといいけれど」

丈右衛門の目が、心なしか潤《うる》んでいる。

四

おえんが二度めに小菊堂の行列に並んだのは、十月になってからのことだった。塩味のかりんとうをまた食べたいと、お常に所望されたのだ。

前回からひと月ほどが経《た》ち、少しは客も減ったのではと思っていたが、店先には依然として長蛇の列ができていた。

二十人ばかりが並んでいる列のしんがりについてほどなく、あとからきた男がおえんに手を掲げる。

「おえんさん、待たせたかい。すまねえな」

「わたくしも、いま着いたところです。辰平さんこそ、お仕事の合間にすみません」

「おえんさんが頭を下げることはねえよ。小菊堂に行きてえといったのはおれなんだ。昼前にまわる得意先はすませたし、いま時分に落ち合うことにしておいて、ちょうどよかった」

そういって、辰平がおえんの隣に立つ。背負っている風呂敷《ふろしき》包みには、商い物の貸本がうずたかく積み上げられていた。

「それにしても、こんなに客がいるとは。ずいぶんと繁盛《はんじょう》してるんだな」

「お昼を過ぎると売り切れるかもしれないので、このくらいに並んだほうがよろしいかと。買う品が定まっておられるなら、わたくしに申し付けてくだされればよかったのに」

「このあいだ差し入れてもらった唐辛子味が美味《うま》かったから、いま一度、買ってきてくれと？　よしとくれ、そんな図々《ずうずう》しいことができるもんか」

辰平が鼻の脇《わき》を指先で掻く。

「気に入っていただけて、何よりです。ひと袋まるまるじゃなくて、申し訳なかったけど」

「売り切れで買えなかった人に半分わけてあげたってのが、おえんさんらしくていいじゃねえか。姉さんもそれを聞いて、うんうんってうなずいてたよ」

「へえ、おさきさんが」

「小菊堂の行列に並ぶと話したら、ついでに自分のところにも買ってきてくれと頼まれてね。ちゃっかりしてるよ」

その光景が目に浮かび、おえんは声を立てて笑った。

裏通りといっても小店がひしめき合っていて、通行人は少なくない。大通りから迷い込んできたのか、ひとりの老婆《ろうば》がおえんたちより三人ほど前に並んでいる女に、これは何の行列かと訊ねている。

辰平が、風呂敷包みを背中から下ろした。

「包み方がまずかったようで、ぐらぐらするんだ。ちょいと直させてもらうよ」

おえんは何の気なしに、老婆と女のやりとりを眺めていた。老婆は耳が遠くなっているとみえ、女に幾度も訊《き》き返している。

女が腰をかがめ、老婆の耳許に口を近づけたときだ。

「おっと、ごめんなさいよ」

折しも脇を通り抜けようとしていた男が、女の後ろからぶつかった。

「あ、あいすみません」

女が男を振り向き、頭を下げる。

「いいってことよ、こっちもぼうっとしてたんだ。何だい、婆《ばあ》さん。この行列はね、かりんとうを買う人が並んでんだ。そう、かりんとう。わかったら、とっとと行きな。後ろからくる人が、つっかえるだろ」

「ど、泥棒っ」

おえんは思わず声を上げた。

「おえんさん、どうした」

「あの男の人、ぶつかった拍子に女の人の袂《たもと》に手を」

しゃがんでいた辰平が立ち上がるより先に、男は逃げかかっている。

「おい、待ちやがれっ」

辰平が駆け出していった。

いったい何事かと、行列がざわついている。

どうなることかとおえんはやきもきしたが、辰平がもどってくるのに、さほどの時は掛からなかった。

「あの野郎、まぬけにも転んじまってね。おれが追いかけてくるのを見て、財布を放り出していったんだ。ひとまず財布は返ってきたが……」

肩で息をつきながら、辰平が首をめぐらせる。

「ええと、どちらさんに渡せば」

「あ、そちらの方に」

おえんに手で示された女は、突然のことに茫然《ぼうぜん》となっていて、両手で襟許を押さえている。

「いちおう、中身をたしかめてもらえやすか」

辰平が財布を差し出しているのを目にして、おえんは何となく違和を覚えたが、女の顔を正面から見た瞬間、それはぱっと消え去った。

「そちらさまは、先だっての」

「あら、まあ」

女は、おえんがかりんとうを譲った相手であった。おえんに声を掛けられて、我に返ったようだ。

「へえ、思いがけねえこともあるもんだな」

経緯を聞いて、辰平も口をすぼめている。

女は袂の下で財布の中身をあらためると、おえんと辰平に向き直った。

「たしかに、元のままでございます。私は登勢《とせ》と申します。まことに、何とお礼を申したらよいか」

「わたくしは、えんです。あの、こんなことはいいたくないのですが、もしかするとさっきのお婆さんも、男の仲間かもしれません。泥棒と叫んだら、あっという間にいなくなって……。財布のほかに、盗《と》られたものはありませんか」

それを聞いて、お登勢の顔色が変わった。うろたえたように袂をさぐり、ほどなく小さな袋物を取り出す。

「ここに、ございます。ああ、よかった」

心底ほっとしたふうに、袋物を袂へもどした。

そうこうしているうちに行列が進んでいき、おえんたちはそれぞれ目当てにしていたかりんとうを買った。

「それじゃ、おれは昼からの得意先まわりに」

辰平が去っていくと、おえんとお登勢は並んで歩く恰好になった。

「先日といい本日といい、ご親切にしていただいて……。ありがとう存じます」

往来で何度も頭を下げられるのが気恥ずかしく、おえんは話の向きを変えた。

「先ほど、ちらっと見えたのですが、結構な袋物を持っておいでなのですね」

「ああ、これのことでございますね」

お登勢が袂から袋物を取り出した。異国風の草花模様が染められた裂地《きれじ》が、独特の風合いを醸《かも》している。

「裂地は更紗《さらさ》ですか。仕立て方が、ふつうの提げ袋とは異なるような」

「茶道具を包む仕覆でございます。ふだんは、薄茶用の棗《なつめ》に着せておりましてね。更紗といっても、名物裂《めいぶつぎれ》と称するような上等品ではないのですが……。おえんさんは、こういったものがお好きなのですか」

「実家が小間物屋を営んでおりましたので、女子《おなご》が身に着ける小物や袋物などには、しぜんと目がいきまして」

「ご実家が小間物屋を。さようで」

「あの、仕覆の口を閉じる紐《ひも》が、いささか傷《いた》んでいるようですが」

「この仕覆は亡《な》くなった祖母が誂《あつら》えたのを、形見にと私が譲り受けたもので、だいぶ年季が入っているのです。紐のことは締緒《しめお》と呼ぶのですが、前々から毛羽立ちが気になっていたところ、いよいよ擦り切れてきましてね。使うたびに、どうしても手で触れますし、色も褪《あ》せてしまって」

「お登勢さんは、お店奉公をしながら茶の湯の稽古に通っておられるのですか」

おえんが首をひねると、お登勢がつと歩みを止めた。

「奉公先の主人が茶の湯を嗜《たしな》んでおりまして、奉公人にも稽古をつけてくれるのです。主人が茶会にお客さまを招くこともございますし、そうしたときに手前どもが作法を心得ておりませんと、何かと差支えがありますので」

「ああ、なるほど」

お登勢の奉公先は、おえんが推量した通り、たいそうな富商らしかった。

「この締緒と同じものを誂えられないか、いちど問い合わせてみようと思い立ちまして、祖母から聞いていた職人を、本日こちらへ参る前に訪ねたのです。が、すでに他界されて、家の人たちもいずこかへ移られたそうでして」

「こういった品を商っているお店に、持ち込んでみては」

「それも考えたのですが、祖母が裂地と締緒の組み合わせにこだわりを持っておりましたので、職人とじかに話をしたかったのです。とはいえ、いま申したような次第ですから、いずれどちらかのお店をのぞいてみるよりないでしょうね」

お登勢の微笑《ほほえ》んだ顔が、どこか寂しそうだった。

しばらく思案したのち、おえんは顔を上げた。

「お登勢さん、お店にもどるのが、いま少し遅くなっても構いませんか」

五

おえんがお登勢を伴って向かったのは、日本橋呉服町にあるお俊《しゅん》の家だった。

「お俊さんは、わたくしの友人で、組紐をこしらえる職人なんです」

そう前置きして、小ぢんまりとした二階家の表口で訪《おとな》いを入れると、奥からお俊が顔を出した。

「おえんさん、久しぶりね。あら、お連れの方があるようだけど」

「お仕事中に、ごめんなさい。こちらのお登勢さんが、仕覆の締緒のことで困っていらして、お俊さんなら話を聞いてあげられるのではないかと思って」

「締緒……。とりあえず、部屋に上がって。おそろしく散らかってるのは大目に見てね」

お俊が苦笑したように、框《かまち》を上がったとっつきにある板間の仕事場には、幾種もの組台や糸巻きなどが所狭しと置かれていた。畳敷きの次の間も、茶を飲み終えたままの湯呑みが長火鉢の脇に幾つか片寄せてあり、どことなく雑然としている。

お俊が湯呑みを台所へ下げにいき、おえんは部屋の隅に重ねてある座布団を持ってきてお登勢に勧めた。

お登勢がおずおずと座布団に膝を折る。

「お忙しいところ、恐れ入ります。あ、お茶は結構ですので」

「落ち着かなくて、すみませんね。ちょいと注文が立て込んでまして」

もどってきたお俊に、おえんが訊ねた。

「佳史郎《けいしろう》さんたちはいないのね」

「うちの人は、笹太郎《ささたろう》さんをお供にして版元へ顔を出しに。康太郎《こうたろう》はお友だちのところ」

あまり手間取らせてもいけないので、おえんはお登勢から聞いた話をざっと語った。

お俊は耳を傾けながら、お登勢から仕覆を受け取り、締緒を丹念に眺めている。

「驚いた。千賀蔵《ちかぞう》親方が組んだ締緒にお目に掛かれるとは」

「千賀蔵親方……。さようです、よくおわかりに」

　お登勢が目を見張った。

「ほら、ここをご覧になって。この色と、この色を隣り合わせに持ってきて、遊びどころを生み出しているんです。糸の組み方も、端正なこと。これは、千賀蔵親方ならではの技ですよ」

「お俊さん、さすがだわ。誰がこしらえたものか、ひと目でいい当てるなんて」

　おえんもすっかり感服した。

「亡くなった前の亭主が、千賀蔵親方の弟子だったのよ。所帯を持つときにふたりで挨拶《あいさつ》にうかがって、その後も折に触れて行き来していたの。わたしが亭主から組紐づくりの手ほどきを受け始めると、たいそう喜ばれてね。佳《よ》い品を見ると上達するからと、親方の作をうんと見せてくだすったわ」

　やりとりを聞いていたお登勢が、膝の前に指先を揃《そろ》えた。

「あの、お俊さんにこれと同じものをこしらえていただくことはできませんでしょうか」

　お俊がちょっとばかりびっくりしたのち、思案顔になる。

「わたしでも組めないことはありませんが……。親方の一番弟子に、源三《げんぞう》さんという人がいて、駒形《こまがた》に工房を構えているんです。そちらに頼まれるのがよろしいでしょう。わたしは孫弟子ですし、じかに仕込まれた源三さんのほうが、親方の技により近づいた仕上がりになりますよ」

「おっしゃるようにするには、どうしたら」

「こちらで仕覆をお預かりして、わたしから源三さんに頼むのが、話が早いかと」

「では、そのように計らっていただければ」

津野屋のときのような行き違いがあってはならないと、おえんは口を挿《はさ》んだ。

「何か一筆、書きましょうか。お祖母さまの形見の品を預けるとなると、気掛かりもおありでしょうし。お俊さん、紙と筆を貸してもらえないかしら」

「それもそうね。ええと、硯箱《すずりばこ》、硯箱」

腰を浮かそうとしたお俊に、お登勢が首を振った。

「お手を煩《わずら》わせることはございません。おえんさんのお人柄は承知しておりますし、お俊さんは、そのおえんさんが引き合わせてくだすった方ですもの。安心してお任せできます。どうかよろしくお頼み申します」

お俊がうなずき、柱の絵暦《えごよみ》に目をやった。

「ひと月ばかり、みておいていただけますか。組み上がった締緒は仕覆の口にかがり付けて、おえんさんに届けますね」

お代についてもだいたいの目安を教えてもらい、おえんとお登勢はお俊の家をあとにした。

「このあとの段取りを決めておきましょうか。お俊さんから仕履が届いたら、どちらへお知らせすればよいかしら」

「あの、頃合いを見計らって、芝口の『橋本屋《はしもとや》』という店の者がおえんさんのお住まいにうかがいます。お代と引き換えに、仕覆をその者に渡していただけますか」

「芝口の橋本屋……。そちらが、お登勢さんの奉公先ですか。わたくしがお持ちしますよ」

「いえ、奉公先は別のところでして……。ですが、ちょっと申し上げられないのです。橋本屋は、私の縁者が営んでいる足袋屋でございます」

お登勢が言葉を選びながら応じる。

おえんは先刻のやりとりを思い返した。そもそもお登勢は、主人が茶会を催すような裕福な商家から遣いに出され、裏通りの小店にできた行列に並んでいたのだ。己れの立場をわきまえていれば、奉公先の名を出したくないのも道理である。

「心得ました。お店奉公をなさっていれば、何かと事情もおありでしょうし」

おえんは芽吹長屋の場所を告げ、日本橋通りに出たところでお登勢と別れた。

長屋に帰ってくると、平田仙斎が家の前で待っていた。

「これはどうも……。本日は、どうなさいましたか」

おえんは腰をかがめて近づいていくが、腰高障子は開けなかった。この前のように家へ上げて、延々と恨み言を聞かされたのではたまらない。

「どうしたもこうしたも、先に話した通りです。お前さんがなかなか詫び料を払ってくれないので、催促に参ったまでのこと」

「えっ。お話はうかがいましたが、はっきりと取り決めたわけでは」

「おや、ごまかす気かね。津野屋の件では自分がうっかりしていたと、その口でいったのを忘れたのではないだろうな」

「むろん、忘れてはおりません。ですが、いまは、まとまったお金がないんです」

「ほう。己れの手柄のためにはなりふり構わぬ手を使うお前さんが、よくもそのような戯《ざ》れ言《ごと》を」

平田が鼻で嗤《わら》う。

「津野屋のほかにも、大店《おおだな》の縁組を幾つも仲立ちしているそうではないか。それ相応の祝儀をもらっていながら、こんな裏長屋に住んでいるんだ。家の中に、たんまり溜《た》め込んでるんじゃないのかね」

「そ、そんな」

平田のだみ声は太く、思いのほか路地裏に響いた。井戸端に人は出ていないが、相《あい》店《だな》の住人たちにも聞こえているだろうと考えると、おえんは身のすくむ思いがした。

六

ひと月ほど待ってやると平田は言い捨てて立ち去ったが、おえんは肩身の狭い思いから抜け出せなかった。

おさきやおまつは、あまり気にするなと声を掛けてくれるものの、平田の話を真に受けた住人たちの目に、己れがどんなふうに映っているかと想像すると、路地で誰かと顔を合わせるのも恐《こわ》かった。家から出るにも、気持ちを奮い立たせないと戸を引くことができない。

日ごとに日脚の短くなる季節であった。天気がぐずつき、細かい雨が幾日も降り続く。低い雲が垂れ込めた空の遠くで、時折、雷が鳴った。

屋根に打ちつける雨音を耳にしながら、おえんは茶簞笥《ちゃだんす》の下の戸棚を開けた。奥にしまってある甕《かめ》を、両手で抱えて取り出す。

ふちの欠けた甕には、おえんが日々、やりくりする中で浮いた銭が入っていた。もっとも、十文ばかり浮く日があれば八文ほど足りない日もあり、そのつど出し入れするので、どのくらい貯《た》まっているのか察しがつかない。

四半刻ほどかけて数えると、およそ一千文、つまり一貫文ばかりあった。思っていたよりも手許に銭があるとわかって口許が弛みかけるが、金一両にはまるで及ばない。前に丈右衛門から聞いた話だと、ひと頃は金一両が六千五百文であったのが、このところは七千文が相場だという。

やはりいま一度、丈右衛門に頭を下げてお金を融通してもらうほかないのかもしれない。だがそうすると、長屋を出るようにと丈右衛門は注文を付けるだろう。

ため息をつくと、部屋が一段と暗くなったようだった。

十一月に入ったある日、芝口の橋本屋から番頭がおえんを訪ねてきた。お登勢と申し合わせた通り、おえんは数日前にお俊から届けられていた仕覆を番頭に渡し、お代を受け取った。

あくる日、身支度をととのえたおえんは、このところいつもやっているように両手で頬を軽く叩いて己れを励ますと、長屋を出てお俊の家に向かった。

「ごめんください。お俊さん、お昼を食べましょうよ」

風呂敷包みを胸の前に掲げると、仕事場から出てきたお俊が目を輝かせた。

「気が利《き》くわね。さ、上がって」

「毎度ながら、鮭《さけ》と昆布と梅干しの握り飯よ」

「何よりのご馳走《ちそう》だわ」

お俊を訪ねるには、昼どきがもっとも仕事の邪魔をせずにすむ。

おえんは部屋に上がり、風呂敷を広げた。組紐の注文は一段落ついたらしく、部屋はすみずみまで片付いている。

「お俊さん、仕覆のお代を受け取ってきたの。握り飯を食べる前に、あらためてもらえるかしら」

おえんがお代の包まれた懐紙《かいし》を差し出すと、お俊は中身をたしかめてから、箪笥の引き出しに収めた。

「お登勢さんをお俊さんのところにお連れして、大当たりだったわ。恩に着ます」

「お礼をいうのは、こっちよ。千賀蔵親方の作を目にして、初心に返ったそうでね」

源三さんも、修業に打ち込んでいた時分を思い出して、気持ちが引き締まったわ。

おえんの向かいに坐《すわ》ったお俊が、いただきますと手を合わせ、握り飯を口へ運ぶ。

「ああ、美味しい。頬張ると、ふんわり、ほろっとほどけて」

「そうやって持ち上げても、何も出ないわよ」

軽口を返したおえんを、お俊が窺《うかが》うように見た。

「おえんさん、なんだか無理におどけているみたい。仕覆を長屋へ届けたときも塞《ふさ》いだ顔をしていたけど、どうかしたの」

おえんは握り飯を口から離し、視線を落とす。友人の目を欺《あざむ》くことはできないようだ。

「仲人のことで、ちょっとした行き違いがあって、ある人を怒らせちまったの。いつも行き当たりばったりなのがよくないのはわかってるんだけど、どうしてこんなに不調法なんだろうって、自分が嫌になってね。そこへいくと、お俊さんは見上げたものだわ」

「私が？」

お俊がいぶかしそうな顔になる。

「お登勢さんから擦り切れた締緒を見せられたとき、源三さんに取り次ぎましょうかと、お俊さんはためらいなく提案なさったわね。自分が注文を引き受ければ手間賃が入るのに、そうはしなかった。お俊さんの度量の大きさというか、組紐職人としての矜持《きょうじ》を垣間見《かいまみ》たような気がしたわ」

「それをいうなら、おえんさんだって。私と佳史郎さんが祝言を挙げると決まったとき、ふたりで幾ばくかを包んで渡そうとしたら、受け取ろうとしなかったじゃない。正式に申し込まれて取り持った縁組だったら祝儀をもらうけど、私たちに関してはただのお節介でしたことだからといって……」

「いわれてみると、そんなことがあったような」

首をかしげるおえんを見て、お俊が肩を上下させる。指先についた飯粒を口に入れ、浅く息をついた。

「前の亭主が亡くなって、もう八年になるの。女親だけでも子供を立派に育ててみせると、がむしゃらに突っ走っていた時分は、始終いらいらしてた。品納めの期日が迫ってたりすると、康太郎に呼び掛けられてもまともに返事をしないことが、たびたびあったわ。正直をいうと、おえんさんから佳史郎さんの話を持ち掛けられたときは、子供がひとりいるだけでてんてこ舞いなのに、男の人がいまひとり増えるなんて、とんでもないと思ったのよ。組紐の注文が立て込んでいても、男の人に出す膳には手が抜けないし、話し掛けられたら受け答えをしないといけないでしょう。だから面倒だなって」

「まあ、そんなふうに考えていたなんて」

おえんが目瞬《まばた》きすると、お俊が小さく笑った。

「でも、再縁したら、思っていたのとは違ってた。私が康太郎の話を聞いてやれなくても、佳史郎さんに相手をしてもらえる。組紐の仕事が忙しくなると、佳史郎さんが表でお菜を買ってきてくれる。康太郎とふたりの頃は夕餉も黙々と口へ運ぶだけだったけど、いまは佳史郎さんに笹太郎さんもいて、それはにぎやかなの。その日にあったことを話しながら、みんなが笑っていてね。金や銀では買うことのできない宝物を手に入れた、と思うのはそういうときよ」

「お俊さん……」

「それもこれも、おえんさんが佳史郎さんとの橋渡しをしてくれたおかげなのよね。何があったかは知らないけど、おえんさんは胸を張っていいんじゃないかしら」

おえんは鼻の奥がつんと痛くなって、残りの握り飯は味がわからなかった。

七

丈右衛門が長屋に顔を見せたのは、翌日であった。

「縫い目も丁寧に仕上がっておりますし、こちらでよろしいかと。近いうちに先方へお届けして参ります」

おえんの頼まれていた仕立物をひとわたりあらためると、丈右衛門はそういって顔を上げた。

「そう、よろしく頼みますよ」

おえんは仕立物を畳み直し、畳紙《たとうし》に包む。

それを見ていた丈右衛門が、思いついたように口を開いた。

「ところで、平田とかいう医者とは、どうなっておりますか」

おえんは平田が再度、長屋を訪ねてきて、詫び料を催促されたことを話す。

「区切られた期日が、明後日《あさって》なの。お前にも意見されたし、自分の蒔いた種は自分で刈り取らなくてはと思うのだけど」

「お金の都合はついたのですか」

「それが、手許にある銭を数えてみたら、一貫文がせいぜいだったわ」

おえんが首を横に振ると、丈右衛門はさもありなんという顔でうなずいた。

「先般はあのように申しましたが、じっさいにお嬢さんひとりで一両を工面なさるのは、容易ではないと存じます。それに、行列に並んで買っていただいたかりんとうのお礼も、まだでございましたな。ついては、よくよく思案いたしまして……」

「おい、おえんさん。家にいるかい」

　表のほうで声がして、丈右衛門の話が遮られた。

「あら、辰平さんだわ。丈右衛門、ちょいと待ってて」

　立ち上がって土間に下り、腰高障子を引き開ける。

　ぬっと、手拭《てぬぐ》いに包まれたものが目の前へ突き出され、おえんは少々、面食らった。

「あのよ、こいつは芽吹長屋のみんなから、ええと、こういうのは何といえば……。

そう、寸志ってやつだ」

　辰平は、いくぶん神妙な面持ちをしていた。

「みなさんの寸志……。どういうことですか」

「姉さんから聞いたんだ。このところ、不審な輩《やから》があたりをうろついていて、どうもおえんさんにお金をせびってるらしいとね」

「あいすみません。長屋の方たちもさぞ不快に思っておいでだろうと」

　辰平が、手拭いの包みとは違うほうの手を、おえんに向けて押し出す。

「おえんさんは、路地で誰かの着物がほころんでるのを見つけると、針と糸を持ってきて、その場で繕ってくれる。おれも袖口《そでぐち》を縫ってもらったことがあるし、姉さんのとこの留吉《とめきち》も、奥の善吉《ぜんきち》っつぁんも、弥平《やへい》さんも、お富《とみ》さんもだ。さっと直してくれるもんだから、こっちもありがとうといってすませていたが、それじゃいけねえんじゃねえか。みんなでそう思案して、銭を出し合ったんだ。それに……、あれ、番頭さんが来ていなさったのか」

辰平は、部屋にいる丈右衛門に気がついたようだった。

「お嬢さんから、塩味のかりんとうを頂戴《ちょうだい》しましたので、お礼をお渡ししようと思いましてね。手前のために、わざわざ行列に並んでくださったそうでして」

丈右衛門が声を投げてよこす。

「そうですかい。おれも唐辛子味のかりんとうをもらったんで、ほんの気持ちだが、上乗せしておいたんですよ」

戸口に首を突っ込んだ辰平が、元に直った。

「おえんさん、そういうわけだから遠慮せず使ってくんな」

「え、辰平さん」

包みをおえんに押し付けて、辰平はわき目もふらず自分の家へもどって行った。

おえんは困惑しながら框を上がる。

「みなさんのお気持ちはありがたいけど、ほつれ直しは、わたくしが勝手にしたことで」

おえんが手にしている包みを、坐ったまま伸び上がった丈右衛門がむしり取るようにした。

「どれ、いかほど入っておりますか……。威勢のいい口ぶりだったが、七百五十文くらいかと。お嬢さんの手持ちと合わせて、やっと金一分といったところですな。一両には、あと三分ほど不足しております」

おえんは丈右衛門の向かいに膝を折った。

「そういえば、お前の話が途中だったわね」

「おお、さようでございました。お預かりしているお金ですが、あれから考え直しましてな。お嬢さん自身が稼いだお金の使い道に、手前がとやかく口を挿むのは筋違いのようにも思えまして」

「あら、やっとわかってくれたの」

「預かっておりました一分と、行列に並んでくださったお礼として一分、それからこたびに限り、一分をお貸しするということでいかがですかな」

丈右衛門が懐《ふところ》に手を入れ、紙入れを取り出した。

一分金をつまみ、おえんの前に三枚ほど並べ置く。

しばらくのあいだ、おえんはそれをじっと見つめていた。

「お嬢さん、少しは嬉《うれ》しそうな顔をしてくださらないと、手前も張り合いがないのでございますが」

なかなか手を伸ばそうとしないおえんを、丈右衛門が不審そうに見る。

「あの、いまになってこういうのもなんだけど、ちょっとばかり迷っているの。いわれるままに詫び料を渡してよいものか」

「なんと」

「お金が惜しいわけではないのよ。でも……」

先だってお俊と話して、おえんには思うところがあった。といって、平田とはどのように折り合いをつければよいのか、いくら考えても答えが出ない。

丈右衛門が難しい顔になった。

「おっしゃりたいことはわからないでもないですが、あまり事を荒立てないほうがよいと存じます。その医者がいかほどの改築普請《ふしん》をしたかは知りませんが、当節、一両そこらでまかなえるとは思えませんし、向こうにしてみれば、ほんの脅しを掛けてみたという程度でございましょう。ごたごたが長引くと、お嬢さんの向後《こうご》に障《さわ》ります。手前が用立てましたのも、それを案じてのことで」

そのとき、路地で男の声がした。

「ごめんください。こちらに、おえんさんはおいでになりますか」

おえんは丈右衛門と顔を見合わせた。

「こんどは、どなたかしら」

おえんが戸口に出てみると、橋本屋の番頭が立っていた。

「先日の仕覆でございますが、このほど間違いなくお引き渡ししましたので、お知らせに上がりました」

そういって、腰をかがめる。

「ご丁寧に、恐れ入ります。お登勢さんは、気に入ってくださいましたか」

「はい、それはもう。ひと言なりとお礼を伝えたいと、おえんさん宛《あ》ての文を託されましてございます」

一通の書状をおえんに渡し、番頭は路地を出ていった。

部屋へもどってきたおえんに、丈右衛門が訊ねかける。

「いまのは、どちらさまで」

おえんはお登勢と知り合ってからの経緯を、ところどころかいつまんで話した。

「お礼の文をくださるなんて、どこまで出来た人なのでしょう。きっと、奉公しているお店のしつけが行き届いているのね。あら、いま何か」

上下がねじってある封紙を開いた途端、ぽとりと落ちたものがある。

落ちたはずみに、丈右衛門のほうへ転がっていった。

「やや、これは一分金ではございませんか」

丈右衛門が声を上げる。

おえんは広げた文に目を走らせた。締緒はこの上なく見事な出来映えで、仕覆と組み合わせると祖母との思い出が鮮明によみがえったと、流麗な筆遣いでしたためられている。しまいに、おえんがお俊と引き合わせてくれなかったら、已れは未《いま》だに頭を悩ませているに違いない、とあった。

「同封の金子は謝礼としてお納めください、ですって。こんなにいただけないわ」

「大きな縁組をまとめたのならともかく、組紐職人につないだくらいのことで一分とは……。ちと、多すぎますな」

丈右衛門も眉《まゆ》をひそめている。

八

いろいろと曲折はあったものの、図らずも金一両の算段がついた。

二日後、おえんは金子を携え、平田仙斎の家がある西紺屋町《にしこうやちょう》へ足を向けた。二日のあいだ、あれこれと思案をめぐらせたが、それでもなお肚《はら》を決めかねている。

西紺屋町は京橋川の南、御城の外堀に面していて、大通りからは外れるものの醤油《しょうゆ》問屋や書肆《しょし》などの商家が軒を連ねていた。平田の家もその一画に建ち、格子《こうし》戸《ど》を引いて訪いを入れると、医者見習いとおぼしき男が出てきた。

「平田さまに取り次いでいただけませんでしょうか。芽吹長屋から参ったえんといっていただければ、わかってもらえるかと」

男がいったん奥へ引っ込み、しばらくしてもどってくる。

「お上《あ》がりください。先生が、お会いになるそうです」

上《あ》がり端《はな》の板間で患者を診ることもあるらしく、百味簞笥《ひゃくみだんす》やその上に並べられた薬《やく》袋《たい》、薬研《やげん》や擂《す》り鉢《ばち》といった道具類が置いてある棚を目にすると、ごく当たり前の医家のようであった。だが、廊下を進むにつれ、生薬の匂いが新しい木の香に切り替わる。

「ここでお待ちください」

おえんが通されたのは、八畳ほどの座敷だった。中へ入ると、木の香がいっそう匂い立つ。

座布団に膝を折り、部屋を見まわした。造作に手を入れたのは、天井や床の間の違い棚、欄間などだろうか。おえんの実家や松井屋の客間も書院造りになっているが、この部屋は天井にしろ床の間にしろごてごてして、むしろ野暮ったく感じられる。

ほどなく、平田が姿を現した。

「このあと往診に出ますので、堅苦しい挨拶は抜きにいたしましょう」

だみ声でいいながら、床の間を背にして腰を下ろす。

おえんはわずかに頭を低くして、話を切り出した。

「詫び料をお支払いする期日が、本日だったと存じまして」

「して、一両は持参なさったのでしょうな」

「ええ。こちらに」

おえんは携えてきた巾着袋《きんちゃくぶくろ》の口を開き、膝の前に置いた。中身がじゃらりと音を立てる。

「ずいぶんと持ち重りのしそうな袋と見たが、金と銭がごちゃまぜになっているではないか。ほとんどが銭で、一分金がひい、ふう、み」

「その、方々から掻き集めたものですから……」

おえんがうつむくと、平田の目に蔑《さげす》むような色が浮かんだ。

「まあ、これだけあれば、つごう一両にはなるだろう。遠慮なくいただきますよ」

「お待ちください。お渡しする前に、ひとつおうかがいしたいことがございます」

おえんはすっと手を前へすべらせ、平田と巾着袋のあいだに衝立《ついたて》をこしらえた。

「ふむ、何かね」

「あの、仲人を務めるにあたって、どういったことを心掛けておられますか」

平田は鼻白んだ顔をして、腕を組んだ。

「商家どうしの縁組で心掛けるのは、両家の格の釣り合い。それに尽きる。結納や婚礼の支度にしても、大店と小店では費用がまるで異なるし、持参金を取り決めるにも、家格が釣り合わないと揉《も》めるのでな」

「ほかには」

「ほかに、何があるというのだ」

「たとえば、人柄は考慮なさらないのですか。じっさいに夫婦として生涯を共にするのは、当のおふたりなのですし」

「むろん、人柄も見ることは見るがね。しかしながら、世の中は、男ぶりがよくて甲斐性《かいしょう》もある男と、器量よしで心根もやさしい女子ばかりではないのが実情だろう」

「それはそうですが、人柄のかけ離れた男女を引き合わせても、ひとつ屋根の下で暮らし始めると、夫婦のあいだにひずみが生じてくるのではありませんか」

平田の眉が、ぴくりと動く。

「よいかね、仲人が依頼主に望まれているのは、その家にふさわしい嫁なり婿《むこ》なりを見つけてくることだ。縁組がととのえば、そこから先は仲人の知ったことではない。夫婦に不具合が生じたとしても、それぞれの生まれ育ちが似通っていれば、たいがいは丸く収まるものだ。家格の釣り合いを重んじるのは、そのへんも踏まえてのことでね」

「それでは、平田さまは、家格の釣り合いさえ取れていれば、どちらか一方の人柄に下駄《げた》を履かせてでも、縁組をまとめようと考えておられるのですか」

「どういうことかね」

「どなたとは申しませんが、はなから祝儀ありきで縁組を請け負う仲人がいるという話を、耳にしたことがございますので」

平田は表情を変えず、おえんを一瞥《いちべつ》した。

「えらく気取っているようだが、お前さんこそ、どういう了簡《りょうけん》で仲人を引き受けているのかね。何のかのと御託を並べたところで、お前さんだって依頼主から祝儀を受け取っているだろうに」

おえんは坐り直し、背筋を伸ばした。

「古くから、結ばれる宿命《さだめ》の男女は赤い糸でつながっていると申しますが、じっさいのところ、人と人とのご縁は目に見えるものではございません。ご縁の糸の一本一本をまごころ込めて見極め、選り分け、そして結んで差し上げることを、わたくしは仲人の身上としております。ご祝儀はありがたく頂戴しますが、包まれているのは単なる口利き料ではなく、依頼主のお気持ちが込められていると」

やにわに、平田が顔を仰向けて笑いだした。濁った笑い声が、天井にこだまする。

顔をもどすと、平田は冷ややかな目でおえんを見据えた。

「世間知らずの小娘でもあるまいし、とんだ奇麗事をほざくものだ。仲人稼業《かぎょう》は人助けではないのだぞ」

「奇麗事……」

小さくつぶやき、おえんは畳に置かれた巾着袋へ目を向ける。

「こちらへうかがう前に、両替商に立ち寄ろうかとも思ったのですが、そのままに参りました。このお金は、わたくしが縁結びでいただいたご祝儀のほかに、日ごろお世話になっている方たちが差し出してくだすったものも交じっています。金や銭の姿《なり》こそしていますが、これはわたくしがそうした方たちと育《はぐく》んできた、ご縁そのものだとつくづく感じ入りましてね。小判一枚に替えてしまうのが、もったいない気がしたのでございます」

「……」

「奇麗事とお笑いになりますが、奇麗事でも一両を工面するくらいのことはできるのですよ。ついでながら申しますと、一分ほど余剰も出ましてね」

おえんは顔を上げ、平田を正面に見た。

「仲人を稼業にして、身過ぎ世過ぎするのを悪いとは申しません。ですが、平田さまは仲人を、己れを利する手立てになさっています。そのような方の奢《おご》った暮らしぶりを支えるためになど、わたくしは一銭たりとも払いたくはございません」

「な、何だと」

「これにて引き取らせていただきます」

おえんは一礼すると、巾着袋の口を閉じて立ち上がった。部屋の出入り口へ向かう。

「津野屋の一件では、そっちにも非があったのだ。また、長屋へ押しかけるかもしれんぞ」

背中に被《かぶ》さってきた声に、おえんはわずかに首をねじって応じる。

「押しかけたければ、どうぞ。ただし、長屋の人たちは、いささか口さがないところがございましてね。これほどのお屋敷に住んでいる方が一両ばかりのことをいつまでも根に持ってと、平田さまの向後に障るような評判が立たないとよいのですが」

おえんは部屋を出て廊下を進み、薬の匂いがする板間を抜けて土間に下りる。平田は追ってこなかった。

表に出ると、通りを南へ向かった。小春日和で、昼下がりの陽射《ひざ》しが家々の屋根瓦《やねがわら》を白く照らしている。

足を前へ出すたびに、巾着袋のお金が、じゃらじゃらり、じゃらじゃらり、と小気味よく鳴る。どうしてあんなに強気になれたのか、我ながら不思議だが、自分にはお俊や丈右衛門、辰平をはじめとする長屋の人たちがついていると思うと、恐くはなかった。

芝口の橋本屋は通り沿いにあり、初めて訪ねるおえんにも容易に見つかった。間口は三間ほどで大きな店とはいえないものの、塵《ちり》ひとつ落ちていない店土間に立つと、壁際《かべぎわ》に設《しつら》えられた棚には白や紺の足袋が整然と並べられ、清々《すがすが》しい空気が漂っている。

「おいでなさいまし。おや、そちらはおえんさんでは」

帳場格子の内で帳面を付けていた番頭が、いくぶん慌《あわ》てたような面持ちで框へ出てきた。

「はて、お見えになるとはうかがっておりませんでしたが……。どのようなご用向きでございますか」

店にほかの客はいない。おえんは袂に手を入れ、小さな紙捻《かみひね》りを取り出した。ここに来る前に、一分金を懐紙に包んでおいたものだ。

番頭が、おえんの手許に目をやる。

「あの、こちらは」

「長屋へ届けてくだすった文の中に、金子が包まれていたのですが、このようにお心遣いいただきましては、分不相応でございます。甚だぶしつけではございますが、次にお登勢さんがお見えになった折に、こちらさまからお返ししていただければと存じまして」

過分な礼金を懐に入れたのでは、己れも平田と同列になる。巾着袋のお金も、のちほど辰平や丈右衛門に返すつもりだ。

番頭がぼんのくぼへ手をやった。

「手前どもは、文を届けるようにとだけいいつかっておりましてね。仔細《しさい》は存じ上げませんが、金子はお気持ちとして、受け取っておかれてはいかがですか」

「そういうわけには。ともかく、いったん預かっていただけませんか」

「手前どもには出来かねます。そのようなことをしては、お登勢さまにお叱《しか》りを受けますので」

「お登勢さま」

おえんが訊き返すと、番頭がはっとなる。

店に新たな客が入ってきた。

番頭が腰をかがめ、声を低くする。

「ご意向に沿えず心苦しゅうございますが、なにとぞご勘弁くださいまし」

商いの妨げになりたくないので店を出たものの、おえんは釈然としなかった。

お登勢の話では、橋本屋は縁者が営んでいるということだったが、どういった間柄なのだろう。今しがた番頭が洩らしたひと言は、こちらの聞き違いだったのか。

店にいた短いあいだに、陽射しが弱まっていた。

お天道さまは薄い雲に隔てられ、ぼんやりと輪郭を滲《にじ》ませている。

酉《とり》の福

一

朝、顔を洗う井戸の水が、めっきり冷たくなった。

おえんがいつものように昼どきを見計らってお俊を訪ねると、家には戸倉《とくら》佳史郎や康太郎、笹太郎と、みんなの顔が揃《そろ》っていた。

「今日は二の酉でしょう。一の酉は仕事が立て込んでいてお詣《まい》りできなかったけど、ちょうど一段落ついてね。いま、帰ってきたところ」

おえんを部屋に上げたお俊が、座布団《ざぶとん》を勧めてくれる。

「今年も、もうそんな時季なのね。このところばたばたしていたせいで、すっかり忘れていたわ。浅草鷲《おおとり》大明神へ行ってきたの？」

「康太郎を連れてとなると、浅草はちと遠い。小網町の裏手の、松島稲荷《いなり》にお詣りしてきました。そちらも大鳥大神が祀《まつ》られていて、縁起物を売る店が出ますので」

つま先立ちになった佳史郎が、熊手《くまで》を神棚に載せながら応じた。熊手は小ぶりで、宝船や米俵といった飾りがついている。

「わあ、おえん小母《おば》ちゃんの握り飯だ。おいら、大好き。鮭《さけ》はどれかな」

おえんが持参した竹皮包みを開くと、八つになる康太郎が目を輝かせた。

「これ、康太郎。お行儀の悪い。いただきますをしてからでしょ」

お俊が台所から、人数分の味噌汁《みそしる》を大きな盆で運んできた。盆には、唐《とう》の芋や粟餅《あわもち》を盛りつけた皿も載っている。いずれも酉の市で売られる縁起物で、唐の芋は頭の芋にも通じることから人の頭に立って出世できるといわれ、また、ひとつの芋から幾つもの芽が出るので、子宝に恵まれるともされた。粟餅は黄色い見た目が小判に似ており、黄金餅という別名がある。

「いただきます」

康太郎が声を響かせ、あとの四人も胸の前で手を合わせた。

ひと口食べて、笹太郎が目を見張る。

「先生、おえんさんの握り飯はいつも美味《おい》しくいただいていますが、ほんのり温かさが残っているうちだと、また一段と」

「笹太郎のいう通りだな。飯の甘みが、口に広がって」

佳史郎もうっとりしている。ふだんはおえんが多めに数を握って持っていくので、お俊が昼に手をつけなかったぶんを佳史郎たちがおやつ代わりにつまんだり、夕餉《ゆうげ》のときに食べたりしているらしい。

「それはそうと、どんな用なのよ。何かを話したくて、顔を見せたんでしょ」

お俊が訊《たず》ねかけてきた。

「そうなの。お登勢さんのことで、ちょっと」

「というと、先だっての仕覆《しふく》の。あの人が、どうかしたの」

古いつき合いの友人どうしは話が早い。おえんは仕覆のお代とは別に、金一分を謝礼として受け取った経緯を、ところどころかいつまんで語った。

「たしかに金一分は大盤振る舞いだと思うけど、それがお登勢さんの気持ちなんだろうし、いいじゃないの。ありがたくもらっておけば」

「よくないわ、そんなの」

平田との一件も打ち明けると、お俊の表情が改まった。

「それじゃあ、おいそれと受け取るわけにもいかないわね。でも、お登勢さんの居場所を知らないのでは、どうしようもないでしょう」

「といって、そんな大金を黙ったまま持っているのも心苦しくて、お俊さんに話しておくことにしたの。もし、お登勢さんをどこかで見掛けたら、教えてもらえないかしら」

「それは構わないけど、なんだか気の遠くなるような話だこと。橋本屋といったっけ、お登勢さんとつながりのあるお店《たな》に、いま一度、橋渡しをしてくれるよう頼んでみたら」

おえんは橋本屋の店先で交わした番頭との会話を思い返す。

「なんとなく、あのお店に頼んでも埒《らち》が明かない気がするの。このあいだ訪ねた折も、あまり歓迎されていない感じだったし……」

番頭が「お登勢さま」と口にしたのも、引っ掛かっている。だが、己れの聞き違いだったようにも思われて、お俊にはいわなかった。

「へえ。謎《なぞ》の女あらわる、か。そのまま、本の外題《げだい》になりそうだな」

佳史郎が話に入ってきた。手にした握り飯はふたつめだ。

「お前さん、茶化すのはよしてくださいな。おえんさんは、心の底から困ってるのよ」

「すまんな。しかし、面白そうでね」

「そうやって、何でもかんでも面白がるんだものねえ」

「戯作者《けさくしゃ》たるもの、どんなに些細《ささい》なことでも面白がらないと。そこから物語が始まるんだ」

軽妙なやりとりに、おえんは小さく吹き出した。

「いつのまにか、長年連れ添った夫婦みたいになったわね」

「どうもお世話さま。ふたりを引き合わせてくれた、おえんさんのおかげよ」

照れ臭さを隠すように、お俊がいたずらっぽく睨《にら》んでみせる。

「それはともかく、お登勢さんというのは、どのようなご婦人なのですか。齢《とし》のころや背格好は」

佳史郎が真面目《まじめ》な顔つきになった。

「齢回りはお俊さんやわたくしよりも十ばかり上、四十半ばかと」

「物腰が落ち着いていて、奥ゆかしい人だったわね」

「身なりや振る舞いからしても、だいぶ裕福なお店に奉公しておいでのようでしたよ。お店のご主人が、奉公人に茶の湯の稽古《けいこ》をつけてくれるそうですし」

「お預かりした仕覆も、締緒《しめお》との組み合わせが絶妙で、小粋《こいき》なものだったわ。ただ、それほどの品の持ち主が、どういう訳合いでお店奉公をなさっているのかと、わたしもちらっと思ったけど」

お俊が首をかしげる。

「ふうむ、私の書いている領分とは、いささか趣きが異なるようだな。どうだね笹太郎、いま聞いた話に材を取って書くとしたら、どのように仕立てるのがよいだろうか」

佳史郎が笹太郎に顔を向けた。

「そうですね……。ちょっと思いつくところでは、謎解きの物語でしょうか。手前の生まれた家も商家ですし、その女の人の奉公先がどこなのか、まずは気になります。それから、もともと仕覆を誂《あつら》えたのがどういった人なのか、ということも」

唐突に問われて戸惑いながらも、笹太郎が思案を口にする。

おえんは師弟のやりとりする様子を、微笑《ほほえ》ましく眺めた。

「笹太郎さんが戸倉さまに弟子入りして、一年とちょっとになるのね。まとまったものが書けるようになりましたか」

「試しにいくつか書いてはいるのですが、物語の結びまでたどり着いたものが、ないのです。ひとつひとつの場は書けても、場と場をつないで大きな流れに持っていくのが、手前はどうも不得手でして」

笹太郎が苦々しく笑う。

「物語をこしらえるのは、手本をなぞるようなわけにもいかないでしょうし、素人《しろうと》が思うほど容易ではないのね」

おえんの胸が、わずかにちくりとした。笹太郎に戯作者見習いを勧めたのは己れである。あのとき、いま少し粘って商家の働き口を見つけてやっていれば、笹太郎には別の道が開けていたかもしれず、しなくてもよい苦労を背負わせてしまったのではないだろうか。

「壁にぶつかったとはいえ、手前は戯作の道に入ったことを悔いてはいません。子供時分から、人と人の関わりに思いを馳《は》せたり、身の回りにあるものをじっくり観《み》たりするほうが、父に算盤《そろばん》を教わるよりも性に合っていましたし……。何より、戸倉先生のご一家に温かく迎えていただいて、こんな果報者は手前よりほかにはおりません」

笹太郎の言葉に、佳史郎が口を添えた。

「おえんさん、私はそう案じてはいないのですよ。個々の場しか書けないといっても、目のつけどころには笹太郎らしさが光っていましてね。ともかく、焦《あせ》らずに打ち込むことです。ある程度の数を書かないと、不得手を乗り越えることはできませんし」

お俊もうなずいている。

「笹太郎さんがいてくれて、わたしも助かってるのよ。康太郎に草双紙を読んでもらったり、遊んでもらったり」

「こないだの夏は、笹太郎兄ちゃんと蟬《せみ》の抜け殻を集めたんだ。おっ母《か》ちゃんは、気味悪がって触れねえんだよ」

康太郎が、にいっと歯をのぞかせる。

ほどなく、お俊が息をついた。

「ああ、美味しかった。おえんさん、いつもごちそうさま」

「あら、お俊さん、握り飯をひとつしか食べてないじゃない」

「唐の芋と粟餅もあるんだもの。お腹《なか》いっぱいだわ」

「おいら、おっ母ちゃんのぶんも食べてあげる」

帯をさすっているお俊の横から、康太郎の手が伸びた。

二

五日後の昼下がり、おえんは深川佐賀町にある松井屋へ向かった。店の脇《わき》にある路地から裏口へまわると、台所で水を使っていた女中のおはるが顔を上げた。

「おえんさま、おいでなさいまし」

前垂れで手を拭《ふ》き、腰をかがめる。

「大《おお》お内儀《かみ》さまにかりんとうをお持ちしたの。また頼まれたものだから」

前日に買っておいた小菊堂の紙包みを掲げてみせた。あそこへ行けばお登勢に会えるのではと望みを抱いていたが、偶然は重ならなかった。

「さようでしたか。ただいま、堤先生がお見えになっておりまして」

「堤先生が……。今日は、往診の日ではなかったのでは」

「それが、大お内儀さまが昼餉を召し上がったあと、食べたものをもどされまして」

「……」

おえんの表情を見て、おはるが慌《あわ》てていい足す。

「もう診察は終わっていて、案じることはないそうです。さっき、台所へお茶を淹《い》れにきたおいちさんと話したので、間違いはありません。いまごろは先生とお喋《しゃべ》りなさっているかと。塩味のかりんとうは大お内儀さまの大好物ですし、待ちかねていらっしゃいますよ」

わずかの間に、おえんは思案をめぐらせた。

「そんなことがあったのなら、大お内儀さまもゆっくりお休みになりたいでしょう。いったん失礼して、出直そうかしら。たいしたことはないと、堤先生もおっしゃっているようだし……。かりんとうだけ、置いていくわ」

ふだんの診察ならばともかく、お常がにわかに体調を崩して堤篤三郎に来てもらったのだとすると、部屋には文治郎もいるに相違ない。文治郎から後添いを見つけてくれと頼まれ、先日も念を押されたものの、まるで手をつけていなかった。ここで顔を合わせると、面倒臭いことになりそうだ。

「おえんさま、待ってください。大お内儀さまは、おえんさまの顔をご覧になりたいはずです。旦那《だんな》さまが留守になさっていて、心細く思われているようですし」

「おや、旦那さまはどちらかへお出掛けかえ」

「川越の、幸吉坊っちゃんのところに……。あの、このことをいってはいけなかったでしょうか。その、おえんさまもご存知だと、てっきり」

おはるが気遣わしそうな表情になる。

おえんは左右に手を振った。

「いいんですよ。来年の桜が咲く頃には、幸吉も川越の醤油《しょうゆ》問屋に奉公して二年になるわ。こちらに一度も帰ってきていないし、たまには顔を見たいものだと、先だっても旦那さまと話したところなの。留守になさっているとは存じ上げなかったけど、そういうことなら、大お内儀さまにお目に掛かったほうがよさそうね」

おはるが眉《まゆ》を開いた。棚から菓子鉢を下ろし、おえんの紙包みを受け取って、かりんとうを盛りつける。おえんに向き直ると、遠慮がちに口を開いた。

「わたし、こんどお暇《いとま》をいただくことになりました」

「あら、それじゃ伝次《でんじ》さんと」

頬を赤く染めながら、おはるがうなずく。

「うちのお父《と》っつぁんも、これでひと安心だといっています。伝次さんの選んだ魚をふたりで持っていって、煮付けにしてあげたら、こんなに美味《うま》い魚を食べたことはないと感心していました」

「そう。伝次さんのお父っつぁんにも会いましたか」

「はい。身体《からだ》の自由がきかない方の介添えをきちんとして差し上げられるか、少しばかり気掛かりだったんですが、細かいことは伝次さんが教えてくれますし、長屋の人たちもちょくちょく声を掛けてくださるので、何とかやっていけそうです」

いっときは沈んだ顔をしていたおはるが前向きな気持ちを取りもどしてくれて、おえんは胸を撫《な》で下ろす。

菓子鉢を抱え、お常の部屋へ向かった。それにしても現金な、と思う。文治郎のことである。後添いを探すよりも幸吉を松井屋の跡継ぎに据えるほうが先だと、おえんも口にするにはした。だが、これほど早く動き始めるとは見込んでいなかった。

「大お内儀さま、えんでございます」

部屋の障子を引き開けると、お常が蒲団《ふとん》に横になったままで堤と談笑していた。

「ああ、お入り」

「堤先生、お世話になっております」

敷居際《しきいぎわ》で一礼し、おえんは蒲団の脇に膝《ひざ》をつく。

「お加減があまりよくないとうかがいましたが、調子はいかがですか」

「お昼をいささか食べ過ぎたんだ。とろろ汁を何杯もお代わりしたせいか、気持ちが悪くなってね。店の者も大げさなんだよ。これしきのことで、堤先生を呼びにいくなんて……。だけど、先生に診てもらって薬を飲んだら、ずいぶんとすっきりしてね」

いくらか顔色が冴《さ》えないが、声はしっかりしている。

「よかった、そのくらいで……。旦那さまが留守になさっているとか。奉公人たちも、大事《おおごと》になってはいけないと気を遣ったのでしょう。かりんとうをお持ちしましたが、本調子になられてから召し上がったほうがよさそうですね」

「おえんさんのおっしゃる通り、いまはちょっと無理でしょう。まずは胃を休めることです」

堤が話を引き取った。

お常がおえんの手許《てもと》にある菓子鉢を恨めしそうに見やり、わずかに顎《あご》を引く。

「堤先生と、文治郎のことを話していたんだよ。川越まで歩くと、どのくらいかかるのかと思ってね」

「日本橋からは約十二里、大人の男でしたら二日もあれば城下にたどり着くものと。江戸と川越は新河岸川《しんがしがわ》でつながっていますし、舟だともっと早いのでしょうが」

おえんはお常をのぞき込む。

「旦那さまは、いつこちらをお発《た》ちに」

「一昨日《おととい》ですよ」

では、そろそろ川越に着く頃だろうか。

お常は堤に、文治郎がどういった用向きで川越へ赴いたのかを話していないようだった。おえんは当たり障《さわ》りのない相づちを打ちながら、やりとりを聞いていた。

四半刻《しはんとき》ほどすると、堤が辞去を告げた。

「おえんさん、ちょっとよろしいですか。手前どもの婚礼のことで、幾つか相談に乗っていただきたいのですが」

腰を上げながら、廊下へ出るようにと目顔でうながす。堤は津野屋のお布由との祝言《しゅうげん》を、年明けに控えていた。

「堤先生、遠慮なさらなくてもいいじゃございませんか。婚礼の相談くらい、ここで

「そうは申しても、ご当人にしてみれば他人に聞かれたくないこともございましょう。お話をうかがって、もどって参ります」

お常に応じておいて、おえんは堤と部屋を出た。

「先生、ご相談とはどのような」

おえんの問いかけに、堤が廊下を突き当たりまで進んで振り返る。顔つきが、にわかに険しくなっていた。

「あいすみません、婚礼の相談というのは口実で、本題はお常さまの病状のことです。本当のところを申し上げたほうが、よろしいと存じまして」

おえんは思わずどきりとする。

「病状の、本当のところ」

「ときどき食欲がなくなったり胸やけがしていますが、それらの症状は、胃に出来物があるせいです。出来物は、少しずつ大きくなっています」

「あの、それは……」

堤のいっていることを、すぐには飲み込めなかった。これまでお常が不調を訴えても、堤は案じるほどではないといい、げんに今日も、お常は薬を飲んで治ったと思っている。

ふと、思い当たった。

「このことを、旦那さまは知っているのですか」

堤が、首を縦に振った。

「旦那さまには、診立てた折に申し上げたのですが、誰にもいわないでほしいと頼まれましてね。しかしながら、今日のようなことがあったときは、どなたか事情を知っている方にいてもらったほうが、こちらも助かりますので……。旦那さまがしばらく江戸にいらっしゃらないと聞き、手前の一存ではありますが、おえんさんにはお伝えしておこうかと」

「大お内儀さまは、そんなにお悪いのですか」

「いますぐどうこうというわけではありませんが、お齢を召しておられますし、万が一もないとはいえません。急変はしなくとも、向後《こうご》は徐々にものが食べられなくなると思ってください。胃が食べ物を受け付けなくなるのです。むろん、何かあれば手前がいつでも参ります」

堤の声を、おえんはどこか遠い国の言葉のように聞いていた。

三

それから数日を、おえんはぼんやりと過ごした。松井屋に嫁いだ十七のときから、お常とのつき合いはかれこれ十七年ほどになる。その間、さまざまなことがありすぎて、お常に対する心情をひとことでいい表すなど、到底できない。

だが、慕っても憎んでも、人はかならずこの世を去るときがくる。

お常との別れもいつかはやってくると了簡《りょうけん》しているつもりだったが、その日がさほど遠くはないと告げられてみると、気持ちからへなへなと力が抜けていくようだった。

実の両親はすでに鬼籍に入っているが、父は卒中で倒れて目覚めることなく息を引き取り、母は心ノ臓の発作が起きて五日後に旅立ったので、いずれも長患《ながわずら》いをして苦しむ姿は見ずにすんだ。それゆえか、ふたりのときとは異なる動揺がある。

どういった訳合いで文治郎が後妻話に前のめりになっているのか、なんとなく腑《ふ》に落ちた。

わたくしも、のんびりとはしていられない。

長火鉢の下の引き出しを開け、一冊の帳面を取り出す。仲人《なこうど》の覚え書きとでもいえばよいか、中には縁結びを望んでいる男女の名や仔細《しさい》が書き付けてある。ぱらぱらとめくってみたものの、おえんはじきに帳面を閉じた。どういう人を文治郎に勧めたらよいのか、いざとなると思いつかないのだ。

松井屋の家格にふさわしいとなると、それなりの商家の娘になるだろうか。奥向きをきっちりと押さえられるように、少々、齢を食っていてもよいかもしれない。

そこまで考えて、どんな人を望むのかと文治郎本人に訊《き》いたことを思い出す。齢はおえんと同じくらいか、もうちょっと若いのがいいと返答があったが、あれがじっさいの本心なのか、照れ隠しの冗談だったのか、おえんには察しがつかない。

「恐れ入ります。お嬢さん、おいでになりますか」

表口で声がした。おえんは土間に下りて腰高障子を引き開ける。

「丈右衛門……。なんだか鼻声みたいね。風邪ぎみかえ」

丈右衛門を部屋に上げ、長火鉢のこちらに膝を折った。

「倅《せがれ》の家を訪ねた家内が孫から風邪をもらってきて、手前にも感染《うつ》りましてね。どうにも頭が痛くて、数日、寝込んでおりました。こんな声をしていますが、調子はすっかり元にもどっています」

「身体には気をつけておくれ。もう若くはないのだし」

「風邪を引く前に、松井屋の文治郎さまが訪ねてみえましてな。川越へ行って、幸吉坊っちゃんに会ってくるとのことでした。お嬢さんにも伝えておいてくれと頼まれましたので、こうして参った次第で」

幸吉が奉公している商家は、丈右衛門の知る辺であった。

「そうなのですってね。松井屋で聞きましたよ」

「これはどうも、行き違いになりましたな。それにしてもまもなく師走《しわす》、そのような気ぜわしい時季においでになるとは、とくだんのご用がおありなのでしょうか。手前から、細かいことは訊ねませんでしたが」

丈右衛門が眉をひそめる。

心当たりはあるものの、伏せておくほうがよさそうな気がした。

「さあ、わたくしには何とも。それより、あちらさまの迷惑にならないといいけれど……。ほかの小僧さんだって親元を離れて奉公に上がっているのに、幸吉だけが父親に会わせてもらえるなんて、どう思われるか」

「そういった気兼ねは無用かと。幸吉坊っちゃんは藪入《やぶい》りのときも、向こうにずっといたままなのですし。先日、お店の主人から便りがあったのですが、幸吉坊っちゃんは新しく入ってきた小僧の面倒をよく見てやっていて、頼りにされていると書いてありました」

「まあ。こっちにいるときは、何でも人にやってもらっていたあの子が」

「番頭や手代のいうことは素直に聞けるし、算盤を覚えるのも人より早いので、主人も目を掛けているようです。幸吉坊っちゃんを預かってほしいと手前から話を持ち掛けられた折は軽い気持ちで引き受けたが、昨今は仮に松井屋の跡取りでなかったら、養子に迎えて川越の店を継がせてもいいと思っているくらいだそうで、まあ、なかなか見込まれたものでございます。あちらの主人夫婦には、男の子がおりませんのでな」

「いくらなんでも、それはあの子を買いかぶりすぎだわ」

おえんは肩をすくめる。

丈右衛門は、おえんの針仕事を預かってきていた。膝の前に広げられた風呂敷《ふろしき》包みには、子供用の袖《そで》なし羽織、俗にいうちゃんちゃんこが入っていた。

「この冬は寒うございますので、いま少し綿を厚く仕立て直してほしいそうです。それから、このあたりに可愛《かわい》らしい継《つぎ》を当ててもらえないかとのことでして」

ちゃんちゃんこの胸許を、丈右衛門が指で示す。前に同じような仕立て直しを頼まれた折、引き受けたときには気づかなかった虫食いの穴が、縫う段になって見つかったことがある。裏地側でもあったので、瓢箪《ひょうたん》をかたどった継当てを別布でつくり、穴を塞《ふさ》いで仕上げたところ、注文主にたいそう気に入ってもらえた。客のあいだで口から口へ伝わったとみえ、このごろは虫食いがなくても、継を当ててくれと注文されることが増えている。

「身頃の色合いからいって女の子でしょうし、花や蝶《ちょう》がよいかしらね。たしかにお引き受けしましたと、先方にお伝えしておくれ」

おえんはちゃんちゃんこを風呂敷に包み直すと、壁際に寄せてある針箱の横に置いた。

用件がすんでも、丈右衛門は腰を上げようとしなかった。意味もなく肩をぐるぐると回したりしている。

「して、このところはどうですか」

「どうって、何が」

「縁結びでございますよ。どのような方々の仲立ちを、請け負っておいでなのかと」

「まあ、珍しいこと。丈右衛門が、そんなことを訊くだなんて」

おえんが口をすぼめると、丈右衛門が軽く咳払《せきばら》いをした。

「べ、別に、関心などは毛筋ほどもございませんよ。しかし、ふだんはこちらが訊ねもしないのに、いつのまにかお嬢さんの話に巻き込まれておりますのでな。その、いつもと様子が違うので、ちと気になっただけで」

すいっと、天井のほうへ目を逸《そ》らす。

「ふうん。それが、こんどの縁結びは、ちょいと手ごわそうでね。頼まれはしたものの、どういった方を引き合わせて差し上げたらよいのか、ちっとも見当がつかないの。思案すればするほど、迷ってしまって」

おえんがゆるゆると首を振ると、丈右衛門はぶんっと顔をもどした。

「ついに、このときがやって参りましたな。迷いが生じるのは、お嬢さんが仲人に向いていないという何よりの証《あか》し。このあたりが潮時でございます。どうか了簡なさって、縁結びからは手を引いてくださいまし」

「……」

「仲人というのは因果な稼業《かぎょう》と、平田との一件で身に沁《し》みたのではございませんか。顚末《てんまつ》をうかがったところ、その男、依頼主の人となりや気持ちはそっちのけで仲人の都合のみを押しつける、まったくもってけしからぬ輩《やから》でございますな。お嬢さんがこのまま縁結びをお続けになれば、あのようなろくでもない輩と同じ手合いだと、世間から見られないとも限りません。これまでくどくどと申し上げてきたのは、そういうことなのでございますよ。手前とて、もう若くはないのですし、お嬢さんがまっとうに生きておられる姿を目にして、安心しとうございます。いまは亡《な》き丸屋の旦那さまとお内儀さまも、あの世ではらはらなさっているに相違なく……」

丈右衛門はごちゃごちゃといっているが、おえんの耳には入ってこなかった。

わたくしは、依頼主の人となりや気持ちを、しんじつ大切にしていただろうか。

平田の前で啖呵《たんか》を切ったときは、自分は相手とは違うのだと信じて疑わなかった。だが、そうであれば、文治郎の後添いを見つけるのに、まるで心当たりがないなどということはあり得ないのではなかろうか。

振り返ってみると、堤とお布由のときもそうだった。当人たちの気持ちをうすうす察していながら、己れの立場ばかりに気がいって、肝心のふたりから目を逸らそうとしたとはいえないか。

おえんはだんだん心許なくなってきた。

丈右衛門の講釈は続いている。

「ですからこの際、仲人はお辞めになることとです。そして、しかるべきところに再縁する。そうそう、手前の隠居仲間に、京橋の呉服問屋で番頭まで勤め上げた男がおりましてな。そこのお店の次男坊が、こんど分家して別にお店を持つことになったとか。

次男坊といっても、じきに四十になるそうで、これを機に嫁を探していると……。そちらなど、再縁先にはぴったりではございませんか。その気がおありになれば、手前があいだに立って話をさせていただきます。いかがですか、見合いをするだけでも」

「そうねえ。じゃあ、取り次いでもらえるかしら」

「むろんでございます」

うなずきかけて、丈右衛門が目を剝《む》いた。

「え、え、え。まことによろしいのでございますか」

「お前には厄介をかけるけど、よろしく頼みますよ」

膝の前に指先を揃え、おえんは頭を低くする。

「お、お嬢さん、手をお上げになってください。それにしても、どういう風の吹き回しで」

「そんな、丈右衛門が勧めたんじゃないの」

うまくいえないが、自分が見合いをして依頼主の立場になることで、見えてくるものがあるかもしれないと思ったのだ。

「そ、そうはおっしゃっても、これまであんなに……」

「もう若くはないし、安心したいといったでしょう」

「で、でも」

「こんなことを頼めるのは、お前よりほかにいないのよ」

丈右衛門はいっきに表情を引き締め、猛然として帰っていった。

四

文治郎が江戸を留守にしているあいだ、おえんはほとんど毎日、松井屋に足を運んでいた。亭主から三行半《みくだりはん》を突きつけられて家を出た女房が、何食わぬ顔をして足繁《あししげ》く通ってくる。そんなふうに後ろ指を差す人も隣近所にはいるかもしれないが、他人にどう思われようとお常と悔いのない時をすごすのだと、おえんはそのことだけを心に留めた。

師走に入ると、江戸は雪になった。一昼夜かけて降り続き、五寸ばかりも積もったものの、次の日にはお天道《てんと》さまが顔をのぞかせ、おおかたは解けていった。

おえんは雪の降る中も、足駄《あしだ》を履いて松井屋へ通った。雪が解けてぬかるんだ往来は、二、三日かかって元のように乾いた。

その日もおえんが訪ねていくと、台所にいたおはるが、待ち構えていたように戸口へ出てきた。

「おえんさま、先ほど旦那さまがおもどりになりました。幸吉坊っちゃんも、ご一緒です」

「えっ」

居間へ急ぐと、旅装を解いて普段着になった文治郎と幸吉が、向かい合うようにして坐《すわ》っていた。

しばらくぶりに会う幸吉は、十三歳とはいえずいぶんと大人びたようだった。ひょろりとしていた身体つきがしっかりとし、あどけなさの残っていた目鼻立ちにも、若者らしい精悍《せいかん》さが宿っている。

「こ、幸吉……」

胸がいっぱいになり、おえんは部屋の障子を引いたまま立ち尽くした。同時に、かつて互いの想《おも》いがすれ違った記憶がよみがえり、胃の裏側がぎゅっと縮む。

おえんに膝を向け、幸吉が深々とお辞儀をした。

「おっ母さん、ご無沙汰《ぶさた》しています。変わりなくおすごしのようで、何よりです」

「お前、声が」

耳に残っているやや甲高い響きではなく、しゃがれた声だった。声変わりの時期にさしかかっているのだ。

目をぱちぱちさせているおえんが可笑《おか》しいのか、幸吉の口許に微笑が浮かんでいる。

それを見て、おえんのこわばりが弛《ゆる》んだ。

「おえん、幸吉と話したいことは山ほどあるだろうが、さっき帰ったばかりでね。私はおっ母さんに顔を見せてきたが、幸吉はまだなんだ。幸吉、お前はお祖母《ばあ》さまに挨《あい》拶《さつ》してきなさい。ゆっくり話をするのは、そのあとだ」

「わかりました」

幸吉は立ち上がると、部屋の入り口にいるおえんへわずかに腰をかがめ、横を通りすぎていった。背もだいぶ伸びて、肩がおえんと同じ位置にある。

「びっくりしました、幸吉を連れてお帰りになるとは思っていませんでしたもの。川越のお店には、何と断ってきたのですか」

おえんは、幸吉がいままで坐っていたところに腰を下ろす。

「奉公にずっと出たままだし、一度、宿下がりをさせてもらえないかとね。おっ母さんも齢をとって、身体が弱ってきているし」

文治郎が上体をひねり、お常がいる部屋のほうを振り向く。

「幸吉はどのくらい、こっちにいられるの」

「お正月は松井屋で祝っておいで、といってくださった。藪入りにも親元へ帰れない幸吉のことを、向こうも気の毒がっていたみたいでね。年が明けて、松が取れるまでに送っていくと申し上げてある」

「そう……。それはともかく、大お内儀さまの病のこと、堤先生からうかがいました。食欲に波があるのは暑さ寒さのせいだとばかり、わたくしは思っていたのですよ。よもや、胃に出来物があるだなんて。あの、堤先生を咎《とが》めたりなさらないでくださいね。先生は熟慮なすった上で、わたくしに話してくださったのです」

「私のいないあいだ、お前が毎日のように顔を出してくれたとおいちから聞いたが、そうか、堤先生から……。お前に余計な気遣いをさせることもなかろうと、黙っていたのだ。このところはおっ母さんの体調が安定していたので川越へ行ったのだが、油断はできないのだな。堤先生には、万事お任せしている。お前がいてくれて、おっ母さんも心強かっただろう。助かったよ」

「それで、幸吉を正式に跡継ぎとすることは、当人に話したのですか」

おえんが話を変えると、文治郎が顔の前で手を左右に振った。

「跡継ぎの話をするには、友松のことに触れなくてはならん。だが、他人の耳がどこにあるかわからん場所で、そんな話はできんからな。そういうこともあって、幸吉を連れて帰ったのだ」

いわれてみれば、もっともではあった。

やがて、幸吉が居間にもどってきた。おえんのかたわらに膝を折る。

「久しぶりに幸吉と会えて、お祖母さまも喜んでおられたでしょう」

「思っていたよりも元気そうで、ほっとしました。お父っつぁんの話しぶりだと、もっと具合がよくなさそうだったし」

「孫の顔を見て、気持ちが上向いたんだ。お前に会うのが、何よりの薬なんだよ」

文治郎が苦笑する。

川越のお店では、ほかの奉公人たちと分け隔てなく扱われていると丈右衛門から聞いてはいるが、幸吉の言葉つきや物腰からも、商人としての心得を厳しく仕込まれているのがうかがえた。他人の飯を食うことにしてよかったのだと思うものの、礼儀正しい振る舞いがどこか他人行儀に感じられ、おえんは寂しいような心持ちもする。

「それはそうと、家の中がいくぶん変わりましたね。廊下や厠《かわや》に手すりが付いて……。お祖母さまにそう話したら、その節はさんざんな目に遭ったといっておられました。仔細はお父っつぁんに聞くようにとのことでしたが、何があったのですか」

思いがけず話の取っ掛かりが与えられ、文治郎が順を追って語り始める。

廊下や厠に手すりを付けるため、大工が出入りするようになったこと。それと前後して、友松を名乗る若者が現れたこと。だがその後、大工は盗人の一味であったと判明し、若者も友松の名を騙《かた》る偽者《にせもの》だとわかったこと。

そうした成り行きにお常の心はたいそう傷ついたが、ひょんなことから本物の友松の行方が明らかとなり、いまは小佐田勇之進という武家になっていること。

神妙な面持ちで耳を傾けていた幸吉が、話が終わると、ふうっと息を吐いた。

「友松兄さんが、生きていらした……」

ひとこと洩《も》らしたきり、にわかには信じられないという顔をしている。

「偽者の友松についてはお前に知らせるまでもなかったし、小佐田勇之進さまのことは大っぴらにはできない話だ。ゆえに、家に着くまで口にしなかった。それにしても、おっ母さんが体調を崩したのは、友松が偽者とわかって、尋常でない衝撃を受けたせいだ。あの笹太郎という男さえいなければ、いまみたいにはならなかっただろうに」

文治郎が腹立たしそうに口許を歪《ゆが》める。そういいたくなる気持ちもわからなくはないが、笹太郎がなじられているのを耳にすると、おえんはいたたまれなかった。

幸吉がわずかに首をかしげる。

「話を聞いていると、その笹太郎って人は、それほど悪者とは思えませんが……。その人も騙《だま》されて、盗人の片棒を担《かつ》がされたんですよね。嘘《うそ》をついたのがばれたあと、どうしているんですか」

渦中《かちゅう》で振り回されなかったぶん、ぜんたいを一歩下がったところから捉《とら》えているようだ。

文治郎がおえんに顔を向け、顎をくいっと持ち上げた。お前から話せというのだろう。

「笹太郎さんは、戯作者の先生に弟子入りして、見習いをしているの。もとは商家の惣領息子《そうりょうむすこ》だったのだけど、お父っつぁんが亡くなり、お店も潰《つぶ》れちまってね」

「ふうん」

幸吉は何やら考え込んでいる。

「ともあれ、友松は生きているが、小佐田勇之進さまが松井屋にもどってくることはない。ついては、幸吉」

いいさして、文治郎が居住まいを正した。

「お前がこの松井屋の、正式な跡取りとなる。これまでも、友松の代わりにお前が身代を継ぐのだといわれてきただろうが、次の当主となる者として、いっそう気を引き締めるように」

幸吉は表情を変えず、しばらくのあいだ黙っていた。

「べつに、おれじゃなくてもいいんじゃないのかな」

独り言のように、ぼそりとつぶやく。

「な、いま、なんと」

「川越のお店へ奉公に出るとき、おれが松井屋を継ぐことはないのだろうなと、そう思いました。向こうに行ってからも、そういうつもりでいましたし……」

「お前、な、な」

「どうして、そんなふうに思ったの」

言葉が出ない文治郎に代わって、おえんが訊ねる。

幸吉が、衿許《えりもと》に顋《うず》を埋めた。

「こいつに見込みはないと、お父っつぁんもおっ母さんもおれに見切りをつけたから、川越へ行かせたんじゃないんですか」

「それは見当違いですよ。ゆくゆくは松井屋を背負って立つ人物になってほしい。そう望むからこそ、あのときは距離をおいたほうがいいと考えたの」

「……」

「それじゃ訊かせてもらうけど、松井屋を継がないとしたら、この先はどうするのかえ」

「できれば、いまのお店で奉公を続けさせてもらえないかと。うちもたまり醤油は置いていますが、あちらでは香りや味わいの異なる醤油を幾種類も扱っているんです。向こうの番頭さんや手代さんもいっていましたが、醤油は奥が深くて、面白いと」

だんっと、文治郎が畳を叩《たた》いた。

「勝手なことをほざくな。お前が継がないと、松井屋はどうなる。ご先祖さまから代々受け継がれてきた暖簾《のれん》が、私の代で途絶えることになるんだぞ」

「暖簾を守るのであれば、どこかから養子をもらえばすむことではないでしょうか」

「ばっ、馬鹿《ばか》も休み休みいえ。れっきとした跡取りがいるのに、養子を取るだと。そんなことができるか」

「できないこともないのでは。跡取りの出来が思わしくないときはそうするものだと、向こうの番頭さんや手代さんも……」

だんっ、だんっ。文治郎が声をさえぎる。

幸吉が、前髪のある額を指先で掻《か》く。

「家の造作は変わっても、お父っつぁんとおっ母さんは、ちっとも変わらないんですね」

お祖母さまともう少し話してくるといって、腰を上げた。

幸吉が出ていった出入り口を茫然《ぼうぜん》と見つめ、ふたりとも物がいえなかった。

ややあって、文治郎がもそもそと口を動かす。

「何なんだ、いまのは」

「よそのお店へ奉公に入って、立ち直ったように見えたけど、そうでもなかったんだわ」

おえんもため息をつく。

「しかし、わからん。商家の次男に生まれたら、ふつうは長男が跡取りになるから、当人は厄介者扱いされて、養子の口が掛かるのを待つか、自分で食べていく道をみつけるよりないんだ。それなのに、あいつは何が気に食わんのか」

文治郎が、わからんを繰り返す。

「ちょうど難しい齢頃だし……。あのくらいの男の子が考えていることなんて、わたくしにはさっぱりだわ」

「同じような齢回りの者だったら、得心させられるだろうか」

「さあ、とはいえ誰が……」

ふと、おえんの頭にひらめいたことがあった。

それを告げると、文治郎は怪訝《けげん》そうにおえんを見返した。

五

五日後。

「おえんさんの頼みとあって、こちらへ参りましたが、そのようなことが、はたして手前にできるでしょうか」

芽吹長屋のおえんの部屋で、笹太郎が心許なさそうにいった。

「いきなり、こんなことをお願いして、ごめんなさいね。齢の近い笹太郎さんとなら、幸吉も話しやすいのではないかと思って……。わたくしがいると気になるでしょうし、笹太郎さんにあの子を引き合わせたら、頃合いをみて外へ出ることにしますから」

「それにしても、松井屋の旦那さまが、よく許してくださったと」

「諸々《もろもろ》の事情をわきまえて幸吉と話ができるのは笹太郎さんよりほかいないと、旦那さまも心得ているのですよ。それに、笹太郎さんは商家の息子さんで、お店の暖簾を守ることがどれほど大事かをわかっているもの」

「でも、手前は友松さんの名を騙って、松井屋のみなさまを欺《あざむ》こうとした張本人ですよ。旦那さまや大お内儀さまには甚大《じんだい》なご心労をお掛けしましたし、幸吉さんもそのような者に会うのは、気持ちのよいものではないとお察ししますが」

笹太郎が、膝に置いた手に目を落とす。表情が硬かった。

「それは、あまり気にしなくていいんじゃないかしら。幸吉は、笹太郎さんに同情していましたよ。今日、ここで会うことも、すんなりと承知したし」

それを聞いて、笹太郎も肚《はら》を決めたようだった。

「わかりました。手前にできるだけのことはやってみます」

ほどなく、幸吉が店の者に付き添われてやってきた。おえんは付き添いを店へ帰し、幸吉を部屋に上げる。

「笹太郎さん、この子が幸吉で……」

「幸吉さん、松井屋さんにはご迷惑をお掛けしました。お詫《わ》び申し上げます」

おえんが気にするなといったのに、笹太郎は膝の前に両手をついてひれ伏した。

幸吉が、面食らっている。

「笹太郎さん、謝らないでください。嘘をつくのは悪いことだと思うけど、お祖母さまにやさしくしてくれたことは、嘘ではなかったんでしょう？」

「幸吉さん……」

笹太郎がおずおずと顔を上げた。

「お父っつぁんから笹太郎さんの話を聞くようにといわれてきたけれど、おっ母さん、ひとつ訊いてもいいですか」

そういって、幸吉がおえんに顔を向ける。

「何かしら」

「お父っつぁんは何ゆえ、急に跡継ぎの話をするようになったんでしょう。二度ばかり送ってくれた便りには、目上の人たちのいうことをよく聞くようにとか、仕事を怠けるなとか書いてあっても、そんな話は一度も出てこなかったのに」

お常の病のことが頭をよぎったが、打ち明けると幸吉も、そして笹太郎も動揺させてしまう。

「そうねえ、おっ母さんもはっきりしたことは知らないけど、お父っつぁんはそろそろ後添いをもらおうと思案なさっているみたいでね」

「後添いを……」

「おっ母さんを離縁して二年余りになるし、大名家に出入りするお店の当主ですもの。そういう話があって、当たり前ですよ。でもその前に、跡継ぎのことをきちんとしておきたかったのかと」

おえんの話を幸吉がどう受け止めたのか、その表情からは読み取れなかった。笹太郎は、何ともいえない顔でやりとりを聞いている。

「おっ母さんね、表に用事があるの。お茶を淹れたら家を出るから、笹太郎さんとゆっくり話しておくれ」

おえんが茶の支度をするあいだ、幸吉はしげしげと部屋を見回していた。前に一度、来たことがあるとはいえ、やはり長屋が物珍しいとみえる。

「これは、縫い物をしていたんですか」

「そう、内職の針仕事をね。丈右衛門に世話をしてもらっていて」

「丈右衛門の小父《おじ》さんが。触ってみてもいいですか」

「どうぞ」

幸吉が身体の向きを変え、壁際へ膝でいざった。

「へえ、子供のちゃんちゃんこか。この、梅の花の形をした布はどうするんです？」

「継当てなの。といっても、お前がいま手にしているのは、飾りみたいなものだけどね」

湯呑《ゆの》みに茶を注ぎながら、初めは虫食いの穴を塞ぐために思いついたのだと話す。

「ふうん、虫食いの穴を……。と、これは何だろう」

おえんは茶の入った湯呑みをふたつ、猫板の向こう側に並べておいて顔を上げる。

「どうしたの」

「おっ母さんも、再縁するんですか」

幸吉の手には、おえんがしたためて針仕事の下に突っ込んでおいた、己れの釣《つ》り書《がき》があった。

うなじが、かあっと熱くなる。

「そ、そ、それはね。じょ、丈右衛門にどうしても見合いをしてくれと頼まれて、仕方なく」

「………」

なんとなく気まずくなり、おえんは身支度するのもそこそこに路地へ逃れた。いわば幸吉と松井屋の仲立ちを、笹太郎に託した恰好《かっこう》であった。

幸吉に因果を含めることができるのか、笹太郎には不安があるようだったが、笹太郎は笹太郎で、松井屋にはどれほど時がかかろうと返すに返しきれない借りがある。松井屋のために、力を尽くしてくれるに相違ない。

人の弱みに付け込むようで心苦しくはあるものの、ほかに妙案が浮かばないのだ。閉めたばかりの腰高障子を、おえんは祈るような心持ちで見つめた。

六

おえんが娘時分に通っていたお針の師匠、鈴代《すずよ》がこの世を去ったのは、今年もあと十日ほどで暮れようという頃であった。弔いは身内だけですませたと聞き、訃報を知った数日後、おえんはお俊と連れ立ち、深川黒江町にある鈴代の家へお悔みをいいに行った。

鈴代が晩年に腎臓《じんぞう》を患ってからは人づきあいもさほどなく、ひとり暮らしが長かったのもあり、門口に忌中札の出された家はひっそりとしていた。訪《おとな》いを入れると、鈴代の身の回りを手伝っていた親戚《しんせき》の女が出てきて、おえんたちを家に上げてくれる。

鈴代が寝間にしていた六畳間には、白木の位牌《いはい》や樒《しきみ》などが載った机が据えられていた。おえんとお俊は線香をあげ、位牌に向かって手を合わせる。

「腎臓の病のほかにも、いまと昔の区別がつかなくなったりしていましたが、ふらりと向こう側へ旅立った、そんな最期《さいご》でございました。たいそう安らかな死に顔で」

後ろに控えていた親戚の女が、しんみりという。

「厳しいお師匠《つしょ》さまでしたけど、弟子が大人になったあとも気に掛けてくださって、面倒見のよい方でいらっしゃいましたよ」

「これから、寂しくなりますね」

故人の思い出をひとしきり話して、腰を上げる。

鈴代の家を出ると、折しも昼どきになっていた。

「ねえ、お俊さん、お蕎麦《そば》でも食べていかない。戸倉さまが、お昼は自分で支度するといってくれたのでしょう」

「ええ。でも、よしておくわ。お腹が空《す》いてないの」

「じゃあ、お汁粉はどう。甘い物なら入るでしょう」

「ううん、やっぱりお腹が……。少しばかり、胃がむかむかしてね」

おえんが眉をひそめたのを見て、お俊が首を振る。

「年の暮れが近くなって、注文が立て込んでいるの。忙しくなると品納めの期日が気になって、ものが食べられなくなるのよ。いつものことだから、ご案じなく」

どこかに腰を落ち着けて話をしたかったのだが、仕方がない。おえんは歩きながら話すことにする。

「先だっては、うちの幸吉のことで笹太郎さんに身勝手なお願いをして、すまなかったと思っているの」

「ああ、川越へ奉公に行っている息子さんのこと……。おえんさんの意に添えなかったと、笹太郎さんが肩を落としていたわよ」

あの日、おえんが半刻ばかりして長屋にもどると、部屋には笹太郎だけがいた。おえんを待つようにと引き止めたものの、幸吉はひとりで平気だといって、深川へ帰っていったという。

「手前はどうもお役に立てそうにありません。まことに申し訳ないことで……」

そういって、笹太郎は深々と頭を下げたのだった。帰る家があるのはありがたいことなのだと笹太郎が諭すのを、幸吉はじっと聞いてはいたものの、松井屋の跡を継ぐ気には、どうしてもなれないらしい。

「醬油に関心があるみたいなんだけど、味噌問屋よりほかの商いをしたいのでは」

おえんが心に引っ掛かっていたことを訊ねると、

「その、そういうのとは違うと存じますが……」

笹太郎は歯切れの悪い返答をした。自分では思い当たることがあるのに、それをおえんにはいいにくいように見えた。

八幡橋を渡り、続いて福島橋を渡る。

「笹太郎さん、戸倉さまやお俊さんに何か話してなかったかしら」

「ああいう思慮深い子だし、わたしたちもよそさまのことを根ほり葉ほり訊こうとは思わないし……」

お俊が思案顔になる。

「そういえば、おえんさん、このごろは着物に継を当てるような内職を引き受けているの？」

「ええ、まあ。手広くやっているのよ」

「おれはこの継当てみたいなものだって、幸吉さんがいったそうよ」

「継当て……。それは、どういう」

「さあ、笹太郎さんは、そうとしか。ほかには、川越のお店のこととか、戯作の話をしたみたい」

「へえ、戯作の話を」

「筋立てのこしらえ方とか登場人物はどうするかとか、そういったあれこれを幸吉さんが興味深そうに聞いてくれて、けっこう会話がはずんだみたい。おえんさんからの頼まれ事はうまくいかなかったけど、ふたりがすっかり打ち解けたらしいのが、笹太郎さんの話しぶりから伝わってきたわ」

「ふうん、そうだったの」

おえんはなんとなく胸がもやもやした。

通りを右手に折れると、永代橋のほうから天秤棒《てんびんぼう》を担いだ棒手振《ぼてふ》りが向かってくるのが目に入った。

「あっ、伝次さん」

すれ違おうとしていた棒手振りが、かたわらに上がった声で足を止める。

「あれ、おえんさん」

「おはると所帯を持つことになったんですってね。おめでとう」

「こいつはどうも、恐れ入りやす」

盤台を地に下ろした伝次が、額のねじり鉢巻きを取って腰をかがめた。

お俊にちょっとばかり待ってくれるよう断って、おえんは伝次に向き直る。

「伝次さんの実意《じつい》がおはるに届いて、わたくしも嬉《うれ》しいわ。じつのところはふたりとも、いま少し早く一緒になりたかったのじゃなくて？　伝次さんのお父っつぁんの介添えもあるし……。あれからしばらく松井屋の中がばたばたして、おはるも暇をもらいたいといい出せなかったのじゃないかしら。いろいろと気を遣わせてしまったわね」

「いいえ、そんな。じっさい、おはるさんもうちの親父のことを気に掛けて、早いところお店を辞めなきゃいけないと思ったみてえです。だけど、所帯を持つのは気のすむまで奉公させていただいてからで構わねえと、おれからおはるさんにいいましてね」

「気のすむまで……」

「松井屋さんが盗人一味に狙《ねら》いを付けられていたのがわかったとき、おはるさんはお店のみなさんに顔向けできないと、たいそう落ち込んでいたんです。例の大工にも、お店の間取りを細かく話しちまったそうでしてね。そんな姿を見てましたんで、おたねさんがよそへお嫁にいったり、代わりに入った人もじきに抜けちまったりしているときにお店を辞めたくはないんじゃねえかと、そう思いやして」

「伝次さん……」

「親父のことを思いやってくれる心遣いには頭が下がるが、おはるさんが心残りを抱いたままじゃ、おれはちっとも嬉しかねえですし。まあ、そういうわけで、いまになったんでさ」

天秤棒を担ぎ直し、伝次が去っていった。

通り沿いにある一膳飯屋《いちぜんめしや》から、醤油の煮える匂《にお》いが漂ってくる。おえんの腹が、ぐうと鳴った。

「お俊さん、本当にお腹が空かないの？　少しだけでも、何か食べたら」

振り向くと、お俊が通りの端へ寄り、上体を前にかがめていた。口許を手で押さえている。

「お俊さん、どうしたの」

「お醬油の匂いを嗅《か》いだ途端、気持ちが悪くなって……」

お俊が帯の上をさすっている。

おえんはわずかに首をひねった。

「あなた、もしかして、赤ちゃんが……。酉の市のときも、あまり食べたくないといっていたでしょう」

「まさか。そんなこと」

胸の前で指を折り、数をかぞえたお俊が、目を丸くしておえんを見た。

七

年の瀬は駆け足で過ぎていき、新たな年を迎えた。

年明けに川越へもどることになっている幸吉は、五日に江戸を発つと決め、その前日の四日に、文治郎やおえんと食事をする運びとなった。文治郎は親子三人でと算段していたようだが、幸吉にどうしてもと請《こ》われて、笹太郎も招くことになった。

「しかしなあ、おっ母さんのいる松井屋《うち》に、笹太郎を呼ぶわけにはいかんだろう。といって、料亭のような堅苦しい場所には行きたくないと幸吉がいうし……。私とて笹太郎の顔など見たくはないが、幸吉の了簡を改めさせる最後の折とあらば仕方がない。そんなわけだから、おえん、どこか適当なところを見繕ってくれんか」

お常の見舞いも兼ねて正月の挨拶に行ったおえんは、文治郎にそう頼まれて、田所町にある紅梅屋《こうばいや》を手配りした。芽吹長屋のおまつが手伝っている一膳飯屋で、魚河岸で働く男たちを相手にしているので昼飯どきが世間よりもいくぶん早く、したがってそこを外せばゆったりと食事ができる。むろん、味のほうもいうことはない。

当日、おえんがお俊の家へ笹太郎を迎えにいき、九ツを半刻ほどまわった頃に店に着くと、魚河岸の仲買人とおぼしき男が入れ込みの土間で丼飯を掻き込んでいたが、おえんたちと入れ違いに勘定をすませて出ていった。

文治郎と幸吉は、まだ顔を見せていないらしい。

「おえんさん、おいでなさいまし。こっちへどうぞ」

ふくよかな身体を揺すって出てきたおまつが、奥の小上がりへ通してくれる。

「おまつさん、お世話になります。あとのふたりもじきに参るでしょうし、おすすめの魚を煮付けにしてもらえますか」

「はいよ、任せておくれ」

おまつが板場へ下がっていくと、隣に坐った笹太郎がそわそわと肩を上下させた。

「手前のような者がご一緒して、本当によろしいのでしょうか。旦那さまに、叱《しか》られるのでは」

「大丈夫ですよ。笹太郎さんが盗人一味に騙されていたのは旦那さまも承知しているし、今日は幸吉のお友達として来てもらうのだと、わたくしも念を押しておいたもの。だから、このあいだみたいに平伏したりしないでおくれ」

「そうは申しましても……」

表の油障子が引き開けられた。

「ごめんください」

前にも訪れたことのある文治郎が、小上がりにおえんたちがいるのを見つけ、通路を進んできた。幸吉も、店の中を見回しながら従《つ》いてくる。

「笹太郎さん、来てくれたんだね。川越へ行く前に、いま一度、会いたかったんだ」

笹太郎が畳に手を突くより先に幸吉が声を掛け、小上がりへ上がった。卓を挟んで、笹太郎の向かいに膝を折る。おのずと、おえんと文治郎が向かい合う恰好になった。

「お待ちどおさま。みなさん、お揃いになりましたね」

折よく、おまつと板前が盆を抱えてきた。卓の上に皿や小鉢が並べられる。煮付けの魚は、鰈《かれい》だった。

「どうぞごゆっくり」

卓の上がととのうと、笹太郎が改まった顔つきで文治郎に膝を向けた。

「旦那さま、ご無沙汰しております」

「うむ。このごろは戯作者の見習いをしているそうだな」

それだけだったが、文治郎の声にぴりぴりした響きはなかった。笹太郎も、いくらか気持ちがほぐれたようだ。

「笹太郎さんも幸吉も、お腹が空いたでしょう。ここのお魚は美味しいのよ。どうぞ召し上がれ」

男たちが食べ始めたのを見届けて、おえんも箸《はし》を手にする。

「笹太郎さんは、どんな正月をすごしたんです？」

鰈の身を骨から外しながら、幸吉が訊ねる。

「昨年と同様、戸倉先生の家にいたよ。ただ、先生のお内儀さんがおめでたで、悪阻《つわり》が辛《つら》そうでね。それゆえ、先生がお雑煮をこしらえてくだすったんだ」

「へえ、作者の先生が」

「先生はお内儀さんと所帯を持つまで仕出し屋に居候《いそうろう》していたとかで、煮炊《にた》きは任せてくれと、張り切っておられた。ところが、お澄まし仕立ての汁をひと口すすったら、やけに甘くてね。塩と砂糖を、間違えてらしたんだ」

「ふ、ふ、ふ」

さも可笑しそうに、幸吉が鼻の穴をひくひくさせる。

「幸吉さんは、どういった正月を？　昨年は川越だったそうだから、自分の家で迎える新年は、格別だったんじゃないのかい」

文治郎とおえんを慮《おもんぱか》ってか、笹太郎がさりげなく話を松井屋のほうへ引き寄せてくれる。

「自分の家だと、たしかに窮屈な思いはしなくてすむかな。川越のお店では、ものを食べながら話などしたら、番頭さんや手代さんからお目玉をくらうもの」

「ふ、ふ、ふ」

こんどは、笹太郎が目許を弛ませた。

お俊から聞いていた通り、ふたりの会話にはずっと前から親しかったような気安さが漂っている。それにしても、笹太郎はあの短いあいだにどうやって、幸吉と心を通わせたのだろう。

文治郎は話に入るきっかけを見極められず、黙然と箸を動かしている。

あらかた食べ終わると、おえんはおまつに頼んで茶をもらった。

茶をひと口すすって、文治郎がむすりという。

「川越のお店を窮屈に思うのなら、松井屋にいればいいじゃないか。私の跡を継いで当主になれば、誰かにあれこれと指図されることもない」

「また、その話ですか」

幸吉がうんざりした顔になった。

「何度でもいうぞ。松井屋には、ご先祖さまから代々受け継がれてきた身代がある。身代というのは、土地や家屋、金銀ばかりでなく、歴史や信用までひっくるめたものだ。先代からそれを引き継いだ私には、お前に譲り渡さなくてはならない務めがある。同じくお前にも、次代へ引き継ぐ務めがあるのだ。そうやって松井屋の暖簾を守っていかなくてはならんのが、なぜわからん」

「ですから、手前の代わりに養子を取れば」

「れっきとした跡取りがいるのに、どうして養子なんか。そのようなことをして、人に訊ねられたら何と応《こた》えるのだ。跡取りがお店を継ぎたくないといって寄り付かぬから、養子を取ったとでもいうのか。みっともない。私の立場にもなってみろ」

文治郎の口調が怒気を帯び、幸吉が下を向く。

「おえん、お前からも何かいってやれ」

おえんは、しばし思案する。

「あの、笹太郎さんにうかがいたいのだけど、先に長屋へ来てもらったとき、幸吉と戯作の話をしたんですってね。お俊さんから耳にしたの。どういう話なのか、わたくしも知りたくて」

ふたりが仲良くなった裏に何があったのか、話を聞けば浮かび上がってくるかもしれない。

笹太郎はいささか困惑したようだが、考えたのちに口を開いた。

「物語の筋立てには起承転結があることだとか、登場人物をどういうふうに形作るかといったことを話したんです」

「登場人物を、形作るとは……」

「物語の中に出てくる人たちには、たいてい何かしらの役回りが与えられているんです。作者が組み立てる筋立てに沿って、役回りにかなった振る舞いをしたり、台詞《せりふ》を喋ったりする。そうして、物語が進んでいきます」

「なるほど」

「ですが、作者が登場人物を役回りだけで捉えると、物語ぜんたいが小さく縮こまって、つまらないものになっちまうんですよ。物語の中とはいえ、その人たちはそこで生きているんですからね。ひとりずつ思案することも異なるし、ときには作者が思いもよらないことを喋ったりする。そうなって初めて、物語が生き生きしてくるんです。それゆえ、作者は役回りを越えて、ひとりひとりとじっくり向き合わないとなりません」

「ふうん、奥が深いのね」

「もっとも、まるごと戸倉先生の受け売りですが」

笹太郎が気恥ずかしそうに、肩をすくめた。

文治郎は、何のことやらという顔である。

幸吉が、面《おもて》を上げた。

「お父っつぁん。おっ母さんから聞いたのですが、近いうちに後添いをもらう心積もりをなさっているそうですね。養子を取るのがみっともないのでしたら、新しいおっ母さんに跡取りを生んでもらったらどうですか」

そこまでいうと、幸吉は泣きそうな表情になった。

「友松兄さんがいなくなってあいた穴を塞ぎ、次の跡取りが育つまでの穴を塞ぎ……。自分がそう見られているのはわきまえているけど、おれはそんな、継当てみたいな役回りを演じるのはごめんです」

「継当てだと。そのようなことは、断じてない」

「そうですよ。旦那さまは、お前のことを思って」

「おっ母さんは、口出ししないでください。見合いをして、再縁するんでしょう。そうなったら、よその家の人になるんだし」

「えっ、そうなのか」

文治郎がたじろいだようにおえんを見たが、おえんは取り合わずに言葉を続けた。

「わたくしも、松井屋のお内儀さんという役回りを離れて、いまはただの、えんですからね。この先の仕合せが見つかるなら、見合いをしてもいいと思っているのよ。だけど、お前のおっ母さんは、わたくしよりほかに務まる人がいないもの。口を出させてもらいます」

笹太郎の話を聞いて、何が幸吉の心を摑《つか》んだのか、おえんはどことなく飲み込めた気がしたのだった。そして、松井屋と幸吉のあいだを他人《ひと》さまに取り持ってもらおうとした己れを恥じた。文治郎と別れはしても、親子の縁がつながっているからには、我が事にほかならないのである。ごまかさずに、向き合わなければ。

「幸吉、松井屋の跡取りについてどう思っているか、いま少し詳しく聞かせておくれ」

　幸吉は屈託を抱えた顔つきで、口を引き結んでいる。

「幸吉さん、きちんと話さないと、伝わるものも伝わらないよ」

　笹太郎から穏やかに声を掛けられ、やがて、幸吉が口を動かした。

「物心がつく時分から、行方知れずになった友松兄さんの代わりにお前が松井屋の跡取りになるんだと、周りの人たちにいわれてきました。おれは松井屋では、いつだって友松兄さんの代わりなんだ。だけど、川越のお店では、そうじゃない。ただの幸吉だ。どういったらいいのか、でも、そういうところが気に入ってるんです」

　ひとことずつ、言葉をさぐるような口ぶりだ。

「とはいっても、おれが跡を継がなかったら、お父っつぁんが途方に暮れるのも察しがつく。頭ではわかってるんです、でも、それではおれがおれじゃないみたいで……。それに、友松兄さんが生きていらしたと聞いて、兄さんは松井屋のことをどう考えているのかと気に掛かったんです。仮におれがお父っつぁんの跡を継いだとして、それを兄さんはどう思うのかと」

文治郎が、手にした湯呑みを荒々しく卓へ置いた。

「お前、いっていることが滅茶苦茶《めちゃくちゃ》だぞ。友松は、とうに了簡しているはずだ。それをどうのこうのと……」

「旦那さまは、黙っていてもらえませんか。幸吉に話を聞いているのですよ」

「む、む」

おえんにいさめられ、文治郎が虚を突かれたような顔になる。

「幸吉、いろいろと思い悩んでいたのに、おっ母さんも気が回らなくてすまなかったね。松井屋の跡取りについては、いますぐそういう心持ちにはなれないけど、もう少し思案させてほしい。と、そんなところかしら」

「おっ母さん……」

幸吉がこくりとうなずいた。

おえんは文治郎に首をめぐらせる。

「旦那さまもわたくしも、せっかちに事を進めすぎたのですよ。幸吉は、端《はな》から松井屋を継ぐ気がないといっているわけではないのです。当人の得心がいくまで、ゆっくり待ってやりましょうよ」

伝次とおはるのことが、脳裡《のうり》に浮かんだ。伝次は祝言を先延ばしすることになっても、おはるの気持ちにじっくり向き合ったのだ。おはるは松井屋に心を残すことなく、伝次と仕合せを築いていくだろう。

「いいたいことはわからんでもないが、しかしそれでは」

文治郎の眉間《みけん》に皺《しわ》が寄る。生命《いのち》の区切りが見えてきた、お常のことが頭にあるのだろう。

「それとこれとは、話が別です。また改めて考えてもよいのではございませんか」

そういって、幸吉に向き直った。

「おっ母さんも見合いをするかもしれないといったけど、相手の人とご縁があるかはわからないし、別の人と一緒になるかもしれない。むろん、このままひとりでいることだってある。焦らず、己れの気持ちを偽らず、時をかけて思案しようと思っているわ。だから、お前も」

おえんは幸吉の目を、まっすぐに見つめる。

「気のすむまで、とことん悩んでいらっしゃい」

松竹梅

一

小正月をすぎると、寒気は厳しいながらも、どことなく陽射《ひざ》しがきらきらしてくる。

西へ傾き始めたお天道《てんと》さまの下、おえんが芽吹長屋に帰ってくると、路地におさきの姿があった。

「あれ、やけにめかし込んでるじゃないか。どこへ行ってたんだい」

「おさきさん、今日はお見合いだったんですよ」

おえんは縹《はなだ》色の御召に、白地に吉祥文様が縫い取られた帯を締めていた。

「仲人《なこうど》さんの着物がそんなに上等となると、そうとう豪勢な縁組なんだろうね。男のほうは両替屋か薬種屋の跡取り息子、女は菓子屋や太物屋の娘……。廻船問屋と下り酒屋の組み合わせも悪くないね」

「ええと、あの」

「いずれにしろ、大店《おおだな》どうしの縁組だ。首尾よく話がまとまれば、ご祝儀《しゅうぎ》をたんまりいただけるんだろ。そうなったらおまつさんにも声を掛けて、三人で美味《おい》しいものでも食べようよ。むろん、おえんさんのおごりでさ。あたしゃ山谷《さんや》の八百善《やおぜん》てとこに、いちど行ってみたくてね」

おさきの目が輝いている。

「八百善って、お茶漬けだけで一両も取るんでしょう。そんなところ、とてもじゃないけど行けませんよ。わたくしの懐《ふところ》具合は、おさきさんだってご存じのはず。それに、ご祝儀はもらえないんです。わたくしのお見合いなので」

「おえんさんの、お見合い……」

おさきの目が丸くなった。

「いったい、どこの誰と」

「京橋の、呉服問屋の御次男と。といっても、三井越後屋《えちごや》や大丸屋ほどの金看板ではありませんけどね。丈右衛門が、世話をしてくれて」

「はあ」

「仔細《しさい》は、またこんど。どうにも疲れちまって」

腰をかがめると、おえんは腰高障子を引いて家に入った。草履を脱いで部屋へ上がり、何はともあれ帯を弛《ゆる》める。

「ああ、あ」

長い息を吐きながら、膝《ひざ》から崩れるように坐《すわ》り込む。

見合いがこうも気の張るものとは、思ってもみなかった。

十六歳で文治郎と見合いをした折も、ここまでへとへとにはならなかったと記憶している。もっとも、水茶屋の床几《しょうぎ》に腰掛けている文治郎の前を、仲人に付き添われたおえんが通りかかるという形ばかりのもので、気が張り詰めたのもわずかの間であった。

今日は駒形にある料理茶屋で、一刻《いっとき》ほどかけて相手と食事をしてきた。八百善とはいわないが、丈右衛門が選り抜いた店だけあって、手の込んだ膳《ぜん》と細やかなもてなしが光っていた。

食事でもしながら顔合わせをしてはどうか、と案を出したのはおえんである。己れも仲人を務めるようになって感じるのだが、釣《つ》り書《がき》からは両家の家柄や暮らしぶり、親戚《しんせき》関係といったことは読み取れるものの、見合いをする当人の人となりまでは浮かび上がってこない。裕福な商家などの縁組は家と家とのつながりを第一に据えるものとはいえ、伴侶《はんりょ》となる者どうしの合う合わないに、もっと重きが置かれてもよいのではないだろうか。

そのあたりを補って話をまとめるのが仲人の役どころといったらそれまでだが、口先ではいかようにもごまかせるし、少なくともおえん自身はそういう手合いにはなりたくないと、日ごろから心に留めている。

食事を共にすれば、箸の上げ下ろしや物の食べ方、料理を運んでくる女中への接し方などに、相手の人品骨柄がそれとなく透けて見える。それゆえ、おえんがふだん仲人を引き受ける折には、互いの姿をちらりと見るだけの見合いではなく、ゆっくりと顔を合わせることを持ち掛けてみるようにしているのだった。

呉服問屋「加賀屋《かがや》」の次男、秋之助《あきのすけ》は幼い時分から身体《からだ》が弱く、成人した頃に大病を患《わずら》ったせいで嫁をもらい損ねたという。それでも、三十の坂を越すと身体の質《たち》が変わったとみえ、いまではすっかり丈夫になった。じきに四十を迎えるが、このたび分家して別に店を持つことになったのをしおに、妻を迎えたいと考えたのだそうだ。

秋之助の両親はすでに他界し、加賀屋の当代は秋之助の兄が務めている。あまり堅苦しくしてはおえんが気詰まりだろうと先方が慮《おもんぱか》ってくれ、秋之助とおえん、そして丈右衛門の三人での顔合わせとなった。

そもそもは加賀屋の元番頭と丈右衛門が深川の隠居仲間という間柄で、元番頭が茶飲み話に語った秋之助のことを、これはと感じ取った丈右衛門がおえんに取り次いでくれたのである。この元番頭が丈右衛門に負けず劣らぬ忠勤ぶりで加賀屋に厚く信頼されており、そこからもたらされた縁談とあって、当代夫婦も余計な口出しはせずに見守る意向のようだ。

秋之助の年齢からいって、文治郎よりもいくぶん若いかと見当していたら、会ってみるとずいぶん落ち着いていて、器の大きさを感じさせる男だった。若い時分に病に臥《ふ》せったことが、人物に厚みを与えているのかもしれない。

年齢といえば、おえんが気にしたのもその点だった。分家とはいえ、新たに店を構えるとなると、当然ながらこの先、跡継ぎの話が持ち上がるだろう。妻には自分などより若い女がふさわしいのではないかと案じたのだが、秋之助は病で実子を望めぬ身体になったらしく、ゆくゆくは養子をとる肚《はら》づもりだとのことだった。

そうしたことはおえんがじかに訊《たず》ねたのではなく、丈右衛門が巧みに秋之助から話を引き出してくれた。

膳が下げられたあと、おえんと秋之助は少しばかり話をした。おえんがこれまでどういう人たちの縁を取り持ってきたかを、秋之助は興味深そうに聞いていた。文治郎と夫婦別れをした経緯は前もって伝えてあり、万事承知したとの返答で対面がかなったのだが、秋之助が改めて話題にすることはなかった。

「おえんさんは、仕合せを生み出す達人なのですね。ただ、私と一緒になった日には縁結びに携わるのを遠慮してもらいたいのですが、よろしいですか」

「あの、仲人をしていると、何か差《さ》し障《さわ》りがあると」

「そうではありません。新しい店を立ち上げるにあたっては、兄がいまの店から奉公人を幾人か差し向けてくれる手筈《てはず》になっていますが、それだけでは人手が追いつかないだろうと見込んでいます。私の店では上級品の反物のほかに手ごろな品も揃《そろ》え、気軽にお客さまの手に取ってもらえる袋物なども扱いたいと算段しておりましてね。お目に掛かったところ、おえんさんはなかなか垢抜《あかぬ》けた着こなしをなすっている。できれば店に出て、一緒にお客さまの応対をしてほしいのですよ」

おえんは、ちょっとばかり面映ゆい心持ちがしたのだった。

「それにしても……」

口にしたくはないのに、疲れた、がまたしても出てしまう。

共に食膳に向かえば相手が見えてくるということは、己れもまた素のままの姿をさらけ出しているということでもある。じゅうぶん心得ていると思っていたが、ちっともわかっていなかったのだ。

咽喉《のど》がからからで、茶を飲みたかった。しかし、尻《しり》に根が生えたようで、身体を動かす気になれない。

己れの勧めに従い、食事を交えた見合いに臨んできた人たちの顔が脳裡《のうり》に浮かんだ。

おえんはひとりひとりに感服するような、申し訳ないような心持ちになった。

二

二日後、深川佐賀町にある松井屋の居間で、おえんはお常の診察を終えたばかりの堤篤三郎から話を聞いていた。

「ふた月ほど前でしたか、お昼に召し上がったものをもどされた折は、正直なところこれほど回復されるとは見込んでおりませんでした。お孫さんと再会できたのが、よほど励みになられたのでしょう。聞けば、お粥《かゆ》でも味噌汁《みそしる》の上澄みでも、少しずつで構わないから口にしたほうがいい、と幸吉さんに声を掛けられたのだとか。何が何でも食べなくてはという気になったと、お常さまが笑っておいででした」

「へえ、幸吉がそんなことを」

おえんの隣に坐っている文治郎が口をすぼめた。

「胃の出来物を取り除くことはできませんが、大きくなる勢いがいくらか弱まったようです。当分のあいだは、穏やかな調子を保てるのではないでしょうか。といっても、お齢《とし》がお齢ですし、用心しなくてはなりませんが」

「お話をうかがって、いくぶんほっとしました」

おえんは胸許《むなもと》を手で押さえる。

「患者さんを診ていますと、人の身体は食べたものでつくられているのを実感します。そして、身体は心ともつながっているのですよ」

堤が辞去を告げると、文治郎も腰を上げた。

「先生、表までお見送りいたします。おえん、少し待っていてくれんか」

居間に残されたおえんは、縁側の窓障子を三寸ばかり引き開けた。長火鉢にあかあかと燃える炭で暑いくらいに暖まっていた室内の空気が、日陰になった裏庭へ吐き出されていく。

頬に触れる冷気を心地よく感じながら、おえんは庭石のかたわらに植わっている白梅の木へ目をやった。例年はそろそろ花が咲き始める時季だが、この冬は寒さが厳しかったせいか、蕾《つぼみ》はまだ固く縮こまっている。

「やれやれ、一時は年を越せないのではと案じたが、どうにか持ち直したようだな」

文治郎が手をこすり合わせながら部屋にもどってきた。

おえんは開けた窓障子の幅をやや狭め、元の位置に直った。

「まことに、ようございました。ですが、先生がおっしゃったように、これからも気をつけて差し上げないと」

「ここだけの話、おっ母《か》さんみたいな人は容易にはくたばらんよ。しぶといからな」

堤の話を聞いていたときはこの上なく深刻な顔をしていたくせに、ちょっと安心した途端に調子のいいことだ。

おえんから冷ややかなものを感じ取ったのか、文治郎はきまり悪そうに咳払《せきばら》いした。

「ところで、私の後添いのことは、どうなっているのかね」

「後添い……。また、その話ですか」

「またって、お前がちっとも話を進めてくれんから、こちらが幾度も訊ねなくてはならんのじゃないか」

「ご縁の糸を結ぶって、旦那《だんな》さまが考えておられる何倍も、骨の折れるものなんですよ。松井屋文治郎の後妻となれば、それなりの家からきてもらうことになりますし、大《おお》お内儀《かみ》さまとうまくつき合っていける人でなくては困ります。友松や棚倉藩との経緯も隠してはおけないでしょうし、幸吉が川越へ奉公に出ている事情も、きちんと話さなくてはなりません」

口にしながら、家どうしの釣り合いのみを物差しにして縁組をまとめるのであればどれほど易《やす》いかと、おえんは思わないではいられなかった。

加賀屋の秋之助とのことも、しかりである。飲食を共にして、秋之助という人物の一端を垣間見《かいまみ》られたのはよかったが、このまま話を進めるか否《いな》か、何をもって判断すべきかが摑《つか》めなくなったようなところがあった。

それはそれとして、文治郎の後妻に関しては、いったん猶予《ゆうよ》が与えられたといっていいだろう。

「ふた月ほど前、堤先生から大お内儀さまの病状をうかがった折は、旦那さまに一日も早く後添いを見つけて差し上げなくてはと思いましたけど、今しがたの話だと、そう急がなくてもよさそうな気がいたします。幸吉を跡継ぎに据える話も、宙に浮いたままになっているし……。申したように、松井屋の内情は、いささか入り組んでおります。いま少し時をかけて、じっくりと吟味してみてはいかがですか」

「それはそうかもしれんが……」

文治郎が戸惑ったようにおえんを見る。

「お前、先に私が話したことを聞いていなかったのか」

「おや、何のことでしょう」

「案の定だな。ではいま一度いうが、木挽町のお屋敷から……」

旦那さま、と廊下で控えめな声がした。手代のようである。

文治郎が口の動きを止め、立ち上がって部屋の出入り口に向かう。ふた言、三言、言葉を交わして、おえんを振り返った。

「株仲間の月行事《がちぎょうじ》さんがお見えになっているそうだ。すまんが、話はいずれまた」

いい残すと、慌《あわ》ただしく部屋を出ていった。

おえんが台所に行くと、流しで水を使っていた女中のおいちが顔を上げた。

「おえんさま、お帰りになるのですか」

「ええ。大お内儀さまの部屋にうかがったけど、よく眠っておいでだから、このままおいとまするわ」

土間の草履に足を入れながら応じる。先刻はおえんが松井屋を訪ねてきたところに、折しも堤がお常の部屋から出てきたので、ひとまずふたりで文治郎のいる居間へ入ったのであった。

「おえんさまがお見えになったと、目を覚まされたら申し上げておきます」

「近いうちにまた参りますと伝えておくれ。あ、そういえば」

戸口の手前で、おいちを振り向く。

「大お内儀さまの枕許《まくらもと》に、本が何冊か積んであるでしょう。あれは、どういう」

「大お内儀さまがお読みになるんです。じっさいに読み上げるのはわたしで、大お内儀さまは床で耳を傾けておいでですが」

「へえ」

いささか意外な心持ちがした。お常は昔から寺社の縁日にお詣《まい》りしたり、人とお喋《しゃべ》りしたりするのを好み、おえんが松井屋にいたときも静かに本を開いているところは目にしたことがなかった。

「寝たり起きたりになってからは外出もままなりませんし、例の盗人一味のことがあったのちは、近所のお年寄りたちと顔を合わせるのも億劫《おっくう》になられたようで……。ですから、おえんさまや堤先生とお喋りするのを心待ちにしておられるのですよ。本を読んでくれと頼まれるのも、おひとりで退屈なさっているときでして」

「そうだったの」

お常の抱える侘《わび》しさを思うと、おえんはなんだか切なくなった。

「このごろは、本を読むのも面白いものだとおっしゃいます。膝栗毛《ひざくりげ》物では弥次《やじ》さん喜多《きた》さんと愉快な旅をしている気持ちになれるし、児雷也《じらいや》の物語では三すくみの戦いに、身体の痛みなど忘れて夢中になると……。わたし、子供時分に手習い所に通わされて、女が読み書きを身につけて何になるんだろうと思ってたんですけど、こんなふうに役に立つとは」

「おいち、礼を申しますよ。大お内儀さま付きの女中が次々に入れ替わって、あなたも不慣れなことばかりでしょうに」

おえんが頭を低くすると、おいちは両手を前へ突き出すようにした。

「いろいろな本を読ませていただいて、わたしも楽しませてもらってるんです。読む本を選ぶのは、貸本屋に任せていて」

「あら、あれは貸本なの」

顔を上げたおえんに、おいちがうなずく。

「もともと、男の奉公人の詰所に出入りしている貸本屋なんです。初めに大お内儀さまが読みたい本の内容を伝えたら、次からはもう、貸本屋が幾冊か見繕ってくれまして」

「ふうん、その貸本屋は何ていう人」

「ええと、太吉《たきち》さんです。あの、その人がどうかしましたか」

おいちがいぶかしそうな顔をする。

「う、ううん。何でもないの」

どうしてそんなことを訊《き》いたのだろう。我ながら不可解で、そんな自分にうろたえながら、おえんはそそくさと戸口を出た。

三

おえんが日本橋呉服町にあるお俊の家に足を向けたのは、あくる日の夕暮れどきであった。

「お俊さん、こんばんは。おえんです。お邪魔しますよ」

ふだんの表口からではなく、勝手口を開けて土間に入ると、わずかに間を置いて仕事場のほうから声が返ってくる。

「はぁい、よろしくどうぞ」

おえんは木綿縞《もめんじま》の着物に襷《たすき》を掛け、竈《かまど》に火を熾《おこ》した。佳史郎とのあいだに子を授かったお俊が悪阻《つわり》に悩まされているあいだ、夕餉《ゆうげ》の支度を買って出たのだった。毎日ではお互いに気を遣うので、おえんの都合がつくときだけにしている。

台所には青菜と油揚げ、目刺しが置いてあった。ご飯と味噌汁は、それぞれ朝の残りを温め直せばいいようにしてある。

青菜と油揚げを切り揃えると、醬油《しょうゆ》と砂糖で甘辛く味付けしただし汁に入れてひと煮立ちさせた。目刺しを焼き、ぬか床に漬かっているかぶを取り出して刻む。長屋から持ってきた煮豆も添えて出すと、膳を前にした康太郎が声を上げた。

「わあ、ご馳走《ちそう》だね」

「おえんさん、このところは長屋と深川を行ったり来たりなのでしょう。忙しいのに、すまないわね」

康太郎の横で、仕事を切り上げてきたお俊が首をすくめる。

「いいのよ、わたくしも時々はにぎやかにすごしたいもの。ここに来れば、ご相伴に与《あずか》れるし」

煮炊《にた》きをするついでに、おえんも一緒に食べていくのである。

梯子段《はしごだん》のきしむ音がして、二階から佳史郎と笹太郎が下りてきた。

「いい匂《にお》いですね。おえんさんに来てもらって、助かります。正月からこっち、私は信用を失っておりますので」

正月に雑煮をこしらえようとして塩と砂糖を取り違えたことのある佳史郎が、ぼんのくぼへ手をやりながら腰を下ろし、笹太郎も膳の前に膝を折った。

「いただきます」

いつものように康太郎が胸の前で手を合わせ、ほかの者たちもそれに倣《なら》う。

康太郎や笹太郎が膳の上のお菜をもりもりと平らげるさまは、見ていてじつに気持ちがよかった。台所に立った甲斐《かい》があるというものだ。

しばらくすると佳史郎が空の茶碗《ちゃわん》を差し出し、受け取ったお俊がお櫃《ひつ》からご飯のお代わりをよそった。

佳史郎とお俊も、もとはといえばおえんの取り持ちで食事を交えた見合いをしたのだった。おえんに背を押されたのもあるにせよ、あのときお俊は、何を拠《よ》り所にして肚を固めたのだろうか。

男たちがいなければ訊いてみたい気もするが、いまは遠慮したほうが無難そうである。

あらかた食べ終わると、康太郎がおえんに顔を向けた。

「赤ん坊が生まれるのは秋なんだって。でも、おっ母ちゃんのお腹《なか》はちっとも大きくならないんだよ」

「そう、秋に生まれるの。だったら、これから少しずつお腹が膨らんでいきますよ」

「男かな、女かな」

「さあ、どちらかしらね」

「女の子がいいな。近所の子にいじめられたりしたら、おいらが守ってやるんだ」

「男の子だって、いいでしょう」

康太郎が激しく首を振った。

「お父《と》っちゃんの男の子供は、おいらひとりで足りてるもん」

「あら、ま」

九歳の康太郎なりに、生まれてくる子とはきょうだいであっても父親が異なることに、思うところがあるようだ。

佳史郎が康太郎に膝を向け、視線を合わせた。

「康太郎も赤ん坊も、お父っちゃんとおっ母ちゃんの大事な子供に変わりはないんだよ」

「ふうん、ほんとう？」

「ほんとうだとも」

笹太郎が、佳史郎と康太郎のやりとりを微笑《ほほえ》ましそうに見守っていた。その表情が、いつになく生き生きして見える。

「笹太郎さん、なんだかいいことでもあったみたい。どこがどうとはいえないけど、顔から滲《にじ》み出ているわ」

笹太郎がおえんを振り向き、目をぱちぱちさせる。

「おや、おえんさんにはわかりますか。じつはこのたび、一本の物語をしまいまで書き上げることができたんですよ」

戸惑い気味の笹太郎の代わりに、佳史郎が応じた。

「へえ。笹太郎さん、すごいじゃないの」

「そんなことは……。これまでは話をきれいにまとめようと躍起になっていたのですが、試しに話の転がるままに任せてみたら、すんなりと運びまして」

「どういうお話なの？」

「笹太郎、二階から草稿を持ってきて、おえんさんに見せて差し上げなさい」

「あ、はい」

佳史郎にうながされて笹太郎が部屋を出ていき、しばらくしてもどってくる。

「あの、こちらです」

おえんは、差し出された草稿を受け取った。五枚ほどの紙に、いくぶん丸みを帯びた笹太郎の文字が連なっている。

「ええと、表題は『文房四宝《ぶんぼうしほう》のよもやまばなし』……」

「文房四宝とは、硯《すずり》、墨、紙、筆のことです。四者が織りなす悲喜こもごもを描いてみたのですが……。五丁一冊で完結する、子供向けの短いお話でして」

「おえんおばちゃん、読んでおくれよ」

康太郎にせがまれ、おえんは声に出しながら文字を追う。

物語は、家の人間が寝静まった夜、筆の筆六《ふでろく》が涙を流しているところから始まる。

「筆六どん、何ゆえ泣いているんだい」と硯之介《すずりのすけ》が訊ねると、「このごろは穂先が割れて、線がかすれる。じきにご主人から捨てられるに相違ねえ」と筆六は応《こた》える。墨太《すみた》郎《ろう》や紙吉《かみきち》もなだめるものの、「墨太郎どんは、ちびたら別の墨を継いで使い続けられるし、紙吉っつぁんは、証文や手紙となって丁重に扱ってもらえる。ところがおれは、古びて文字を書けなくなったらお払い箱なんだ」と、筆六はしゃくり上げる。

ちなみに、骨董品《こっとうひん》としての文房四宝には序列があって、繰り返し使っても摩耗することのない硯がいっとう重んじられ、墨、紙、筆の順に位が下がっていく。

ともかく筆六を泣き止《や》ませたい硯之介が、「お前さんが仕合せだった頃のことを聞かせてくれねえか」と持ち掛ける。

「最初のご主人は、この家の大旦那さまだった。新年の書初めには、きっとおれに出番が回ってきたんだ。なんとも晴れがましかったなあ」

「穂先の端っこを命毛《いのちげ》というんだが、そこが少しばかり弛んでくると、大旦那さまの孫娘、つまりはいまのご主人に譲られた。孫娘の筆遣いはいくぶんぎこちねえが、大旦那さまがそばについて指南してくれるんで、安心して身をゆだねられたよ」

「だが、孫娘の手入れはいまひとつでね。痒《かゆ》いところに手が届かねえんだ。軸の奥まで染《し》み込んだ墨を洗い流してほしいのに、すすぎが足りなくてね。それで、いまみたいな姿に……」

引っ込みかけていた涙が、あふれ出てくる。硯之介たちはこれまでも幾度か似たような場に立ち会い、筆が入れ替わるのを目にしているだけに、筆六に掛けてやる言葉が見つからない。

数日後、とうとうそのときがやってきた。穂先のつんと尖《とが》った筆が硯箱の仲間に加わり、同時に、孫娘の手が筆六を摑み上げた。

「ふ、筆六どん」

硯之介たちから、悲痛な声が洩《も》れる。

「もはやこれまで。おれは火にくべられて灰になっちまうが、あんた方は達者でな。極楽浄土へ行けるよう、念仏でも唱えておくれ」

肚を括《くく》った筆六は、ぼさぼさの穂先を揺らして別れを告げた。

孫娘が隣の部屋へ入っていくと、そこには大旦那さまが待っていた。筆六の胸は懐《なつ》かしさでいっぱいになるが、大旦那さまの手に鋏《はさみ》が握られているのを見て仰天した。

なんたることだ。燃やされる前に、穂先を切り落とされるのか。

そう思った途端、くらっとして気を失った。

どのくらい、時が経《た》っただろう。

筆六が我に返ると、目の前に小鳥がいた。頭の上では、大旦那さまと孫娘の声がしている。

「鋏で毛をととのえたから、扱いやすいじゃろう」

「おじいさま、これなら鳥かごの細かい隙間《すきま》にたまったほこりもよく取れます」

「うむ。筆は文房四宝の下位と見做《みな》されておるが、その身によって書かれる文字で人々を喜ばせることのできる、尊い道具なのじゃよ。穂先の材となる馬や狸《たぬき》、鹿《しか》といった毛の一本一本にも、命が宿っておる。お前が手にしているその筆は、文字を書くには穂先がちと荒れてしもうたが、これしきで捨てては罰が当たる」

筆六は、鳥かごの掃除をする筆に生まれ変わったのだ。紙をなぞるのとも違うくすぐったさが、穂先から伝わってくる。

チチッと、小鳥が鳴いた。

この身がすり減ってぼろぼろになるまで、人のお役に立ちたいものだと、筆六は気持ちを新たにするのであった。

「これにて一件落着。めでたし、めでたし」

おえんが話を締め括ると、康太郎が盛大に手を叩《たた》いた。

「笹太郎兄ちゃん、面白かったよ。鋏が出てきたときはひやひやしたけど、筆六が捨てられなくて、おいらも嬉《うれ》しかった」

「文房四宝の掛け合いが、なんとも軽妙だこと。材の取り方も、筆屋のご子息、笹太郎さんらしいわね」

「康太郎ちゃんとおえんさんに、そんなに褒めていただけるとは……」

笹太郎が、照れ臭そうに額ぎわを指先で掻《か》く。

「習作をたった一本、書いただけですし、内容についても稚拙というほかありません。おえんさんが読んでくださるのを聞いていても、筆の未熟さばかりが耳について、恥ずかしい限りでして」

「笹太郎、たった一本とはいえ、物語を仕上げたのは大きいよ。おしまいまで書かないと、見えてこないこともあるんだ。子供向けのお話は筋立てが平易で、善悪の区別もきっちりしている。初めのうちはそういうものをうんと書いて、戯作者《けさくしゃ》としての足腰を鍛えなさい。しっかりとした土台ができれば、合巻のような長編や、筋立ての入り組んだ読本なども、おのずと書けるようになる」

佳史郎の言葉には、おえんもなるほどと思うものがあった。

「それにしても、どうしたらこんなお話が書けるのでしょうね。さすがに作者の先生を目指す人は、わたくしみたいな凡人とは違うわ」

佳史郎が顔を向ける。

「おえんさんも、書こうと思えば書けますよ。話の種は、何気ないところにいくらでも転がっていましてね。人と話す中でのちょっとしたひと言や、忘れがたい風景など、己れの心が動いた瞬間を切り取って、物語の核に据える。そこから話を膨らませていくんです。日ごろは笹太郎にも、そう助言しています」

「ふうん、そういうものですか。じゃあ、文房四宝のお話も、笹太郎さんの心が動いた瞬間を下敷きにしているのですね。笹太郎さん、それはお話のどのあたりに？」

「え、ええと、その……」

笹太郎が困惑顔で口ごもると、

「おえんさん、それを訊くのは無粋というものよ。お話はお話として、素直に愉《たの》しめばいいの。ねえ、お前さん」

お俊が苦笑しながら、佳史郎に同意を求めた。

「まあ、そうだな。作者にしてみれば、手の内を見せるようなものだからね」

佳史郎にもそういわれ、たしかに野暮なことを訊いたと、おえんは今しがたの言葉を口に押しもどしたくなった。

笹太郎が顔つきを改め、おえんを見る。

「いつか大きな版元から本を出して、松井屋の大お内儀さまに読んでいただくのが、手前の目指すところです」

「大お内儀さまに……」

「戸倉先生に弟子入りしてはどうかとおえんさんに勧められたときのことは、いまもはっきりと憶《おぼ》えています。物語のもつ力で大お内儀さまの心をなぐさめることができるんじゃないかと、おえんさんはおっしゃいました」

「ええ、憶えていますとも」

「あの頃は盗人の片棒を担《かつ》がされ、帰る家もなくて、このままこの世から消えてしまいたいと落ち込んでいましてね。ですが、おえんさんの話を聞いて、思い直したんです」

「まあ、そんなに思い詰めていたなんて」

「大お内儀さまに疎《うと》まれているのは承知しています。作者の名が笹太郎では、本を手に取ってもいただけないでしょう。ですから、筆名でも構いません。どのような形になったとしても、大お内儀さまに手前の書いた物語を届けたいと」

「笹太郎さん……」

「先に、幸吉さんにもこの話をしたら、陰ながら力になりたいといってくれましてね。大お内儀さまのご様子も聞かせてもらいました。お加減があまりよろしくないと耳にして川越から帰ってきたが、じっさいはそこまで弱っているふうには見えなかったと……。幸吉さんがお嫁さんをもらうまでは死ねない、ともおっしゃったそうです。手前もあと二、三年のうちには本を出したいと、幸吉さんに申し上げました」

「そう、二、三年のうちに……」

はたして、お常がそれまで持つだろうか。

笹太郎の声に耳を傾けながら、おえんはそう思った。

四

「なんと、こんどは本屋でも始めるのですか」

長屋に顔を見せた丈右衛門が、部屋に上がるなり眉《まゆ》をひそめた。

ふだんは縫い物で用いる台の上に、おえんが綴《と》じかけていた本が載っている。数枚の美濃紙《みのがみ》を半分に折り、表紙を付けて袋綴じにしたものだ。

「四つ目綴じっていう仕立て方なのよ。四ヶ所に穴を開けて、綴じ糸を通すの」

「どういうわけで、お嬢さんがそのようなことを」

訊ねながら、丈右衛門が長火鉢の手前に腰を下ろす。

「中身は笹太郎さんの書いたお話でね。習作の段階だし、すぐに版行とはいかないから、こちらで本に仕立てて差し上げることにしたの」

「いつもながら、人が善すぎますな」

「笹太郎さんには幸吉のことで厄介になったし、こんなことでもお礼になればと思って」

「そうは申しても」

「ほら、絵も描いてもらったのよ。いまは棺桶《かんおけ》屋のご主人になっている弥之助《やのすけ》さん。あの方に頼んだの」

「弥之助さんも、もの好きな……。しかしながら、本の仕立て方などよくご存じでしたな。針と糸で綴じるといっても、着物を縫うのとは要領が異なるでしょうし」

「辰平さんにうかがったのよ。商売柄、糸が切れたり弛んだりした本を綴じ直すことがあると、前に話しておいでで」

辰平はおえんが事情を話すと、ちょうど糸が解けかかっていた本を出してきて、ひと通りの手順を示してくれた。だが、どういうわけかご機嫌斜めで、ひどくぶっきらぼうな口調だったのである。

わたくし、辰平さんの気に障るようなことを何かしたかしら。

幾度か考えてみるのだが、思い当たるふしがない。

「なっ、あの貸本屋に」

丈右衛門の眉が、くいっと持ち上がった。

「あまり感心しませんな。お嬢さんは、加賀屋の秋之助さんと見合いをなすったのでございますよ。別の男のところへ出入りして、おかしな噂《うわさ》でも立てられたらどうするのです。ご自分の立場をわきまえてくださらないと」

おえんはむっとした。

「辰平さんとは、そんなのじゃありませんよ。長屋住まいっていうのは、持ちつ持たれつで成り立っているの。相店《あいだな》のほかの人たちも、そう心得ているはずですよ。変な勘繰りはよしておくれ」

「む、む」

「ま、この話はこれくらいにしておきましょう。針仕事の内職を持ってきてくれたんじゃなかったの」

おえんが丈右衛門のかたわらに置かれた風呂敷《ふろしき》包みへ目をやると、丈右衛門も気を取り直したように結び目を解いた。

「こちらの裄《ゆき》を一寸ばかり出してほしいそうでして」

「ちょいと見せてもらうわね。このくらい縫い込みがあれば、出せますよ」

「では、お頼みいたします。半月ほどで仕上げていただけますか」

「構わないけど……。あの、たったこれだけ？」

ふだんの丈右衛門であれば、三、四件の針仕事をまとめて届けてくれる。

「どうもこのごろ、たいそう安上がりな手間賃で、内職を引き受ける者がいるようなのです。そのうちお嬢さんにご相談申し上げなくてはと思案しておりましたが、秋之助さんとの縁組が持ち上がり、取り立てて急ぐことはないような気もいたしましてな。再縁なされば、内職などすることもございませんので」

いいさして、丈右衛門が顔つきを引き締める。

「そもそも、本日は秋之助さんとのことを話すために参ったのでございます」

それを聞いて、おえんも居住まいを正した。

「昨日、秋之助さんが手前を訪ねてみえました。お嬢さんと夫婦の縁を結ぶことを前提に、おつき合いしてほしいそうでございます。先日の見合いはおふたりの顔合わせという程度でしたし、すぐに返事をしなくてはならないと取り決めたものでもございません。秋之助さんが店を出すのは来年になる見込みで、それまでに結納を交わすことができればと考えておられるそうですし……」

そのことは、秋之助と会う前にも丈右衛門から聞かされていた。

「ですが、正式におつき合いの申し込みがあったのですから、何らかの返答はなさらなくては。どのようにお応えしましょうか」

「そうねえ」

襟許に顎《あご》を埋《うず》めたおえんを、丈右衛門がうかがうように見た。

「何か、気に掛かっていることでもおありですか」

「ううん、そういうわけでは……。あの、以前から丈右衛門に訊きたかったんだけど、わたくしに再縁しろとたびたび勧めるのは何ゆえなのかと」

「ふむ」

「やっぱり、いい齢をした女がひとりでいると、世間体が悪いのかしら」

丈右衛門が黙考した。

「世間体が悪いというのとはいくぶん違いますが、お嬢さんの汚名を雪《そそ》ぎたいというのがひとつ。松井屋さんとのあいだでは、浮気の濡れ衣《ぬれぎぬ》が晴れたような恰好《かっこう》になっておりますが、世間はそう懐が深いともいえません。これまで申し上げませんでしたが、手前のところにお嬢さんの再縁話について問い合わせがあったことも、一度や二度ではなかったのです。しかし、あともうちょっとのところで先方が離縁の理由を気にして、ことごとく話が潰《つぶ》れましてね。つまり、ここにひとりでいると、そういう目で見られ続けるということでして」

「……………」

「もうひとつは、手前の目が黒いうちに、先々まで衣食住に困らぬ暮らしをととのえて差し上げとうございます。手前は男ですので父親のような見方になりますが、お嬢さんみたいな世間ずれのしていないご婦人がひとりで生きていく姿など、危なっかしくて見ていられないのでございます。針仕事でいちおう活計《たつき》は立てられるとおっしゃりたいかもしれませんが、針を動かすのと注文を取ってくるのは、別の話ですからな。風邪をひいて寝込んだりすると、針を持つのも容易ではないでしょうし……」

丈右衛門の話は、おえんの耳に痛かった。このところ、日暮れどきや雨が降っているときなど、目がかすんで針仕事を続けるのが辛《つら》くなってきた。半年ほど前までは行燈《あんどん》のあかりで夜なべもできていたのに、少しばかり薄暗くなると手許がぼやけてしまう。

　こんなふうに、目よりほかの部分もだんだんと衰えていくのだろう。五年先、十年先もいまと同じ分量の針仕事をこなすことはできないのだ。手間賃を低く抑えた商売仇《がたき》も、どんどん増えるに相違ない。

　お俊が佳史郎との子を身籠《みごも》ったとき、己れの身にもまだそういう前途があり得るのだと、おえんはいささか意表を突かれる思いがした。だが一方で、老いはじわりじわりと忍び寄ってくる。

　女の三十五歳とは、人生の難所なのかもしれない。娘から妻となり、母となったこれまで辿《たど》ってきた道と、この先に続く道。そのはざまに横たわった隘路《あいろ》に、いま、立たされているような気がする。

　丈右衛門が首をひねった。

「それにしても、改まってそのようなことをお訊ねになるのは、どういうわけで」

「この先どうしたらよいのか、思案すればするほど頭がごちゃごちゃになって……。秋之助さんが真面目《まじめ》で申し分のない方だからこそ、こちらも生半《なまなか》な気持ちでおつき合いしてはいけないと思うの。お返事はいましばらく待っていただけるように、丈右衛門からお願いしてもらえないかしら」

五

翌日は雨であったが、おえんは傘をさして深川へ向かった。

松井屋の裏口へ回り、閉じた傘を戸口の脇《わき》に立てかけていると、台所にいたおいちが腰をかがめて近づいてくる。

「今しがた、堤先生がお帰りになられたところです」

「そう、先生は何とおっしゃっていましたか」

「前回の診察から、とくだん変わったことはないそうです。お膳のお菜も、食べたいものを召し上がってよいと。大お内儀さまがそれを聞いて、塩味のかりんとうを食べたいとおっしゃいましたが、油っこいものは控えるようにと、やんわりと意見されておられました」

「ともかく、食欲がもどられてよかったわ」

苦笑しながら框《かまち》に上がる。

奥の部屋をのぞくと、お常が窓障子を開けて縁側を眺めていた。

「大お内儀さま、起きていて平気なのですか」

「ああ、おえん。さっきまで堤先生がいらしていたんだよ。お喋りしたら、何だか力が湧《わ》いてきてね」

「寒くはございませんか」

壁に掛かっている綿入れ半纏《ばんてん》を手にし、お常の肩に着せ掛ける。

「ごらん、三日ほど前からぽつぽつと」

お常の視線の先に、白梅の木があった。小さな花が二、三輪、音もなく煙《けぶ》る雨の中に、ほんのりと灯をともしたようだった。

「まあ、咲き始めたのですね」

「今年はいささか遅めだが、これからひと雨ごとに寒気が弛んで、次々に花をつけますよ」

やがて、窓障子を閉めると、おえんは床に入るというお常の身体を支えて横にならせた。掻巻《かいまき》を首許まで引き上げてやり、綿入れ半纏を壁に掛け直す。お常の枕許に置かれた数冊の貸本をそっと脇へずらし、膝を折った。

お常は軽く目をつむっている。

「このごろは、貸本をお読みになるそうですね」

長屋から携えてきた風呂敷包みをさりげなく開き、中に入っているものを貸本に紛れ込ませる。

「床にいながら、世の中のさまざまな事柄を味わった心持ちになれるんだ。家にいるよりない者の退屈しのぎには、これが打ってつけでね」

「ふうん。わたくしも何か読んで差し上げましょうか」

「そうだね、頼めるかい。どれでもいいから。貸本屋がこちらの好みに応じて見立ててくれて、外れがないんだ」

おえんは一冊を手に取った。

「……じゃあ、これにいたします。『文房四宝のよもやまばなし』」

お常が枕の上でわずかにうなずく。

おえんは表紙を開き、本を読み始める。

穂先の割れた我が身を嘆く筆六と、硯之介や墨太郎、紙吉とのやりとりがひと区切りついたところで、お常の瞼《まぶた》が持ち上がった。

「なんだか、子供向けの草双紙みたいだね。貸本屋が間違えたんだろうか」

「さ、さあ、どうでしょう。でも、なかなか趣きのあるお話かと」

「ふむ。作者は何ていうんだい」

「えっ。え、ええと、戸倉……そう、梅太郎《うめたろう》と」

最前まで眺めていた景色から、とっさに思いついた。

「戸倉梅太郎……。はて、聞いたことがないね。だがまあ、せっかくだから、続きを読んでもらおうか」

「はい」

おえんは腋《わき》の下に汗をかきながら本にもどった。

笹太郎に成り代わり、気持ちを込めて読み上げる。一本の物語には、作者の心が動いた瞬間を織り込んであるという。あのとき野暮を承知で深く訊ねておけば、ここで読むにもまた違った味わいを引き出せただろうと思うと、おえんはいささか口惜しかった。しかし、それをいっても始まらない。

「これにて一件落着。めでたし、めでたし」

しまいまで読み終え、本を閉じた。

しばらくのあいだ、お常は無言であった。身体に掛けられた掻巻が、かすかに上下している。

「大お内儀さま、お休みになられたのですか」

おえんがのぞき込むと、ぱっと目が開いた。鋭い視線で見返され、思わず首を縮める。

身を起こそうとするお常に、おえんは慌てて手を添えた。

お常は敷蒲団《しきぶとん》にかしこまると、おえんの膝から滑り落ちた本を拾い上げた。

「以前、友松の名を騙《かた》って松井屋に入り込んだあの男——笹太郎は、いまは戯作者の見習いになっているそうだね。おえん、お前が取り次ぎにあたったと、文治郎から聞いていますよ」

物静かな、それでいて厳然たる口調に、おえんの背筋がしぜんに伸びる。

「これは、笹太郎の作じゃないのかえ」

「あの、何ゆえそのように……」

「ばれないと思うほうが、どうかしていますよ」

ぴしりと、声が返ってきた。

「こんな、まともな話にもなっていないものを読み聞かせるなんて……。あの子の顔など二度と見たくないとわたしが思っているのを知っているだろうに、いったい、どういう了簡《りょうけん》なんだい」

おえんはわずかに思案する。

「会ってもらえないのがわかっているから、本をお持ちしたんです」

「……」

「笹太郎さんは、大お内儀さまと交わした約束を守れなかったことを、たいそう悔やんでいるんですよ」

「約束？」

「ずっとそばにいて、大お内儀さまの心をおなぐさめすると、指切りしたそうですね。でも、あんなことになって……。たとえ会えなくても約束は果たしたいと、笹太郎さんはそう思案して、戯作の先生に弟子入りしたんです。物語のもつ力で、大お内儀さまの心をなぐさめられると信じて……」

お常は厳しい表情をくずさない。

「意気込みはあっぱれだが、じっさいの作物《さくぶつ》はたいしたことはない。それほどに思い入れがあるなら、ふつうはもっと腕を上げてから、読んでくれと持ってくるものだろうがね」

お常の言葉は道理にかなっていた。しかし、その日を待っていたのでは間に合わないかもしれないとは、とても口にはできない。

「出来栄《できば》えはさておき、笹太郎さんがやっと結末まで書き上げることのできた、最初の作なんです。腕はまだまだかもしれませんが、これを書きたかったという強い想《おも》いが込められているんじゃないでしょうか」

「これが、最初の作……」

お常が視線を落とし、本をぱらぱらとめくる。ふと、手が止まった。

「見れば、版行して売り出された本でもなさそうだ。よもや、笹太郎はこのことを知らないいんじゃないだろうね」

「そ、それは……。笹太郎さんに断りを入れても承知してもらえないのは明らかでしたし、大お内儀さまは大お内儀さまで、笹太郎さんの名を聞けば耳をお塞《ふさ》ぎになるだろうと……」

「まあ、あきれた」

お常が目を見開いた。

「そ、その、大お内儀さまと笹太郎さんのあいだで一度は断ち切れたご縁の糸を、どうにかして結び直して差し上げたいと、それで」

「そういうのが余計なお世話なんですよ。人の気持ちなどお構いなしに、触れてほしくないところへずかずかと踏み込んで……。およそわたしの怒りを解こうと画策したのだろうが、火に油を注ぐことにもなりかねないとは思案をめぐらせなかったのかい」

「す、すみません」

「無断で話を読み聞かせたことを、笹太郎が知ったらどう思うか……。これは、あの子に対しても礼を欠いた振る舞いなのですよ」

おえんはひたすら頭を下げ続けるほかない。

「まったく、短慮というか、そそっかしいというか。だいたいお前は、松井屋にいた時分も、迂闊《うかつ》なことといったらなかったねえ。いつだったか、連れ立ってお詣りに行った縁日で、焼き芋を売る店が出ていた。芋一本の値がずいぶん安いからとお前が幾本も注文したら、じつのところは目方売りで、とんだ散財をしたことがあっただろう」

「大お内儀さま、よしてください。こんなときに、そんな話を持ち出さなくても」

おえんは恥ずかしさで顔が熱くなった。

「ともかく、いま少し考えたうえで動くように気をつけなさい。今日のことにしても、お前が黙っていたって、笹太郎にはきっと見抜かれますよ。あの子は、人のことをよく観《み》ているもの」

そういって、お常は深い息を吐く。

「わたくしはただ、笹太郎さんの実意《じつ》を汲《く》み取っていただきたかったんです。盗人一味のことでは、笹太郎さんだって失ったものが少なくないんですよ。どうか、あの一件は水に流してやってもらえませんか」

おえんの声が聞こえているのかいないのか、お常は本の表紙にじっと目をあてている。

六

それから十日ほど、おえんはお俊の家にも松井屋にも足を運ばなかった。堤篤三郎と津野屋のお布由の婚礼が執り行われ、それどころではなかったのもあるが、笹太郎とお常のあいだで己れの気持ちばかりが空回りして、どちらに顔を出すのも気が重かったのだ。

松井屋の遣いが芽吹長屋を訪ねてきたのは、さらに五日後であった。文治郎からの言伝《ことづて》を聞いたおえんは少々いぶかりながらも、翌日、松井屋に向かった。

お常の部屋に入ると、中にいた文治郎が顔を上げた。

「呼び立ててすまん。おえんと亀戸天満宮の梅を見たいと、おっ母さんが急にいい出してな」

「先だって、縁日で焼き芋を買った話をしただろう。あれから、どこかへお詣りしたくなってね」

お常は髪をきれいに結って結城紬《ゆうきつむぎ》を身にまとい、すぐに出掛けられるような恰好をしていた。

「大お内儀さま……。わたくしもいちおう身支度はととのえて参りましたが、外出《そとで》をしてお身体に障りませんか」

お常の隣には、数日前に祝言を挙げたばかりの堤もいた。

「亀戸天満宮くらいでしたら、舟に乗ればそう歩かずにすみますし、負担にはならぬかと。今しがたも、ざっとお身体を診ましたが、気になる所見はありません。ただし、くれぐれも無理はなさらないでください」

文治郎が口を開く。

「私も行けるとよいのだが、顔を出さなくてはならない寄り合いがあるんだ。手代とおいちに、供をするよう申し付けておいた」

「大仰だこと。おえんとふたりで構わないのに」

「おっ母さん、念のため用心するようにと、堤先生もおっしゃったじゃありませんか」

文治郎がいさめるようにいって、おえんに向き直った。

「舟には蒲団一式を運び入れてある。おっ母さんを、よろしく頼む」

おえんたちを乗せた屋根舟は、岸辺につながれた舫《もや》い綱を解くと、油堀をゆっくりと進み始めた。お常は胴の間に敷かれた蒲団に横たわることなく、舳先《へさき》に近いところに腰掛けて行く手を眺めている。

二月半ばともなると、陽射しも力強さを帯びてくる。水面に輝く光を、舟が掻き分けていく。

油堀から仙台堀へ抜け、大横川、竪川《たてかわ》、横十間川《よこじっけんがわ》と水路をたどって天神橋の袂《たもと》で舟を降りると、亀戸天満宮はすぐそこだ。大鳥居をくぐった先に、大きな池に架けられた朱塗りの太鼓橋が見えてくる。

お常の足許が覚束《おぼつか》ないので太鼓橋を避け、おえんたちは池の周りにめぐらされた参道を歩いて奥へ進んだ。境内の至るところで、梅の花が咲き誇っている。

「この香り。なんとも芳《かぐわ》しいこと」

頭上に差しかけた枝を振り仰ぎ、お常が深く息を吸い込んだ。花と花のあいだからこぼれる光に照らされたお常は、隣に寄り添うおえんの目にも顔色がよさそうに見えた。

拝殿にお詣りをすませると、昼どきになっていた。そんなに腹は空《す》いていないとお常がいうので、おえんは境内に出ている水茶屋でひと休みすることにし、手代とおいちには、門前にある蕎麦《そば》屋で何か食べてくるようにと幾ばくかの銭を渡した。

水茶屋の前で客を呼び込んでいる小女に茶と団子を注文し、おえんとお常は床几に腰掛ける。そこからも、梅の木々が見渡せた。

小女が運んできた茶を、おえんはひと口のんだ。

「大お内儀さま、このあいだはあいすみませんでした。独りよがりなことをして」

先日のやりとりがまだ頭に残っていて、お常がどういう風の吹き回しで己れを誘い出したのか、意をはかりかねる気持ちが少なからずあった。

お常はおえんの顔を見たものの、ふいっと横を向いた。

「わたしも、詫《わ》びたいことがあります。不貞の証《あか》しもないのに、浮気を疑ったりして……。お前には悪いことをしたと思っています」

「………」

「これでおあいこですよ」

おえんは返事に窮した。何をいまさらという気持ちと、あのお常が人に謝ったことへの驚き。そして、重いことをしれっと口にするずうずうしさといったら。

取り澄ました横顔を見ながら、我知らず小さく噴き出していた。

「いまだから笑って話せますけど、離縁をいい渡された折は目の前が真っ暗になりました。やましいことはしていないと申しているのに、聞き入れてもらえなくて」

「だが、いまはもう疑いは晴れたようなものだ。幾度もいっているように、文治郎とよりをもどすというなら、反対しませんよ」

こういうしつこいところも、お常である。おえんの笑いが広がった。

「文治郎さんとやり直そうとは、どうしても思えないんです。じつはいま、文治郎さんから後妻を世話してほしいと頼まれていましてね。わたくしにも縁談があって、先日、お見合いをしたところで」

「まあ、そうだったのかい」

お常が二、三度、目瞬《まばた》きする。

「いえね、お前の先行きを案じているから、こんな話をするんだよ。わたしもそう長くはないし、お前が松井屋にもどってきても、こんどは姑《しゅうとめ》で苦労することはないだろう。文治郎と復縁すれば、寝起きする場所も、食べることも、着るものも、生涯にわたって面倒をみてもらえる。こんな好機をみすみす手放すなんて、もったいないじゃないか。文治郎が後添いをもらったら、その女においしいところをまるまる持っていかれて、お前が損をするんですよ」

「おっしゃることもわかりますが、それでも文治郎さんと離縁して、気持ちがらくになったところもありましてね。松井屋にいた時分は、大お内儀さまにも叱られっぱなしでしたし……。まあ、損か得かといえば、損ばかりしている気もしますけど」

己れは本音を口にしている、とおえんは思った。お常が腹を割って話しているのも、伝わってくる。

「お前を見ていると、まるで自分が松井屋に嫁いできた頃のようではらはらしたんですよ。嫁として姑に認めてもらいたくて、気持ちばかりが先に立って、さんざんお小言をくらったものでね。そのたびになにくそと自分を奮い立たせて、奥向きのことでは誰にも文句をいわせぬよう努めてきたんだ」

これまでそんな話を聞いたことはなかったが、お常らしさのみなもとがどのあたりにあるのか、おえんは見当がついたような気がした。

「お見合いした相手と、再縁するのかい」

穏やかな目が向けられている。

「それが、何ともいえませんで……。振り返ってみると、文治郎さんとお見合いした折は、ちっとも悩んだりはしませんでした。嫁に入ったお店の跡継ぎを産み、次代を担《にな》うに相応な者になるようしつけること。亡《な》くなった両親に常々いい聞かされて育ちましたし、それが己れに望まれている役回りだと心得ておりましたから。ですが、こんどの方は……」

「ふむ、跡継ぎがどうこうという縁組ではないのだね。相手方は、うちみたいな商家なのかい」

「詳しくは申し上げられませんが、呉服を商うお店です。まあ、嫁として奥向きを取り仕切ったり、よそさまとのつき合いに気を配ったりしてほしいということなんでしょうけど、何というか、わたくしじゃなくても務まる気がして……。それでいて、齢をとったときにひとりでいるのは寂しいですし」

「あわてん坊のくせに、妙なところで用心深いね」

「そのような冗談口を……」

苦々しく笑うと、お常がいくぶん改まった顔つきになった。

「どういえばいいのか思いつかないが、わたしはわたしを生ききろう、とそんなふうに心掛けて日々を送ってきましたよ。この世を生きることができるのは一度きり。あの世からお迎えがきたときに、こんなはずじゃなかったとは思いたくないもの」

「大お内儀さま……」

おえんはお常の目を見つめる。

「おえんも、おえんを、生ききりなさい」

「…………」

己れとお常のつながりに、新たな彩《いろど》りが加わったようだった。

お常が眉を持ち上げる。

「とはいえ、お前が幸吉の母親であることに変わりはないんだ。この先どうするにせよ、あの子のそばにいて見守ってやっておくれ」

「それはもう、お任せください」

おえんは深くうなずいた。思うさまに生きろといいつつ、幸吉をそばで見守れと釘《くぎ》を刺す。お常はどこまでもお常だった。

「それはそうと、松井屋に嫁いで損をしたといわれたのでは、こっちも立つ瀬がない。よし、こうしようじゃないか。わたしが死んだら、身の回りの品をお前に片付けてもらおう。気に入った品はぜんぶ、譲ってあげますよ」

「そんな、大お内儀さま、縁起でもない」

お常は意に介するふうもなく手を振った。

「さっきもいった通り、わたしはもう長くはないだろう。自分のことは自分がいちばんわかるんだよ。着物でも帯でも簪《かんざし》でも、欲しいものを持っていっておくれ。文治郎に任せたところで、何をどうしたらよいか見当がつかないだろうし。いいかい、承知したね」

有無をいわさぬ口調で迫られ、おえんも引き受けざるを得なくなった。

「かしこまりました。着物でも帯でも簪でも形見に分けていただいて、せいぜい損をしないようにいたしますとも」

それからふたりは、顔を見合わせて大笑いした。

折しも門前の蕎麦屋で昼をすませてきた手代とおいちが、おえんたちを見て怪訝《けげん》な顔になっている。

松井屋にもどったお常の容体が急変し、往診に駆けつけた堤の手当てもむなしく息を引き取ったのは、日が変わってほどなく、未明のことであった。

七

「この袷《あわせ》は材木町のあの方へ、この単衣《ひとえ》は入船町のあの方へ」

衣装簞笥《だんす》から取り出した畳紙《たとうし》を畳に並べ、おえんは生前のお常が親しくしていた人たちの顔を思い浮かべた。

死に目には会えなかったが、明け六ツに町木戸が開いてまもなく長屋で訃報《ふほう》を受け、松井屋に親戚縁者が集まってくる前に亡骸《なきがら》と対面することができた。うっとりと梅の香を堪能《たんのう》しているような、安らかな死顔だった。

葬儀は身内だけで小ぢんまりと営まれ、初七日の法要も三日ほど前にすんでいる。

おえんは亀戸天満宮の水茶屋で言いつかった通り、お常の身の回りの品を整理しているのであった。

「わたくしは、こちらを譲っていただこうかしら」

指先で触れた畳紙には、藤鼠《ふじねず》色の結城紬が収まっている。お常が亡くなる前日にまとっていた着物だった。

――お前にその色は、いささか地味ではないかねえ。

「そうでしょうか。落ち着いていて、品のよい色味だと思いますけど」

――もっと華やかなのにしなさい。そうそう、鴇《とき》色の着物があっただろう。あれなんかどうだい。

「あれはわたくしには派手すぎますよ」

着物にしろ簪にしろ、何かをひとつ手にするごとに、どこからかお常の声が聞こえてくる。おえんは水茶屋での会話が続いているような錯覚を覚えた。

「おえん、開けるぞ」

部屋の外から声が掛かり、文治郎が入ってきた。

「ひとりなのか。誰かと話していたようだが……」

おえんが応えずにいるのをさほど気にするふうもなく、畳紙のかたわらに腰を下ろす。

「どうだ、いくらかは片付いたか」

「ええ、少しずつ」

「亀戸から帰ってきて、おえんに形見分けの取り仕切りを頼んできたと聞かされたときは面食らったが……。いま思うと、虫の知らせだったのかな」

文治郎はそういうと、眉頭に指をあてて揉《も》み込んだ。ここ数日の疲れが、目の下に浮き出たくまに表れている。

「あの日はあんなに健やかなご様子だったのに……。こうしていても、その辺からひょいと顔を見せてくださる気がして」

おえんは首をめぐらせる。お常が寝ていた蒲団がなくなると、部屋は存外に広くなった。

縁側の窓障子が開いていて、満開になった白梅が見えている。陽射しが入るのは軒先までで、視線をもどした手許は心細くなるほど暗かった。

「そういえば、大お内儀さまの硯箱が見当たらないのですが、どこにあるかをご存じですか」

「む」

「わたくしにとっては、大お内儀さまといえばあの硯箱なんです」

お常が愛用していた硯箱は、嫁入り道具として誂《あつら》えられたもので、持ち主の名にちなみ、常緑樹である松の木が蒔絵《まきえ》で施されていた。長年、使い込まれてところどころ塗りが剝《は》がれていたものの、そのぶんお常の身近にあったことがうかがわれ、気に入った品があれば譲ろうといわれた折も、おえんの脳裡にまず浮かんだのであった。

「おっ母さんは、書をたしなんでいたからな。ひと頃は御家流のお師匠《ししょう》さんについていたし……。しかし、見つからないのか」

「思い当たる場所は探してみたのですが、どこにも」

「ふむ」

おえんと文治郎が思案顔になったとき、廊下に人の足音が近づいてきた。

「旦那さま、失礼いたします。店に榎木堂《えのきどう》の番頭さんがお見えになっているのですが、あの、大お内儀さまに頼まれた品を届けにいらしたそうでして」

手代の声だった。榎木堂は、松井屋とつき合いのある筆墨商だ。

「はて、おっ母さんからは何も聞いていないが……。ともあれ、会ってこよう」

文治郎が立ち上がる。

おえんはふたたび片付けに掛かったが、いくらも経たぬうちに、部屋の障子がまた開いた。文治郎が、榎木堂の番頭を連れてもどってきたのだった。

おえんが故人の遺《のこ》した品を整理するために松井屋へきていることを文治郎から耳にしたとみえ、榎木堂の番頭はおえんの顔を見ても戸惑うふうはなく、向かいに膝をつくと弔意を表した。お常が亡くなったことは、訪ねてくるまで知らなかったという。

「おえん、これを見てくれんか」

番頭のかたわらに腰を下ろした文治郎が、店から携えてきたものをおえんの前に置く。心なしか声が上ずっていた。

「まあ、大お内儀さまの硯箱じゃありませんか。……でも、ちょっとばかり意匠が違っているわね」

上蓋《うわぶた》に施された蒔絵をいま少し間近で見ようと、おえんは膝を進める。

榎木堂の番頭が、口を開いた。

「ひと月ほど前、折り入って頼みたいことがあるとお常さまから声を掛けていただき、手前がこちらへうかがったのでございます。塗りが剝がれた部分の修繕と、上蓋の蒔絵を新たに描き足してほしいとのご依頼でございました。蒔絵については、いずれこの品を引き継ぐ者に似合った意匠となるようにと、みずから図柄なども細かくお申し付けになりまして」

「松の木の周りに描き足されている、これは、笹《ささ》の葉……」

おえんは、はっと顔を上げた。

「ゆくゆくは日の本一の戯作者になる若者に譲り渡すのだから、念の入った仕事をしてくださいよと、そうおっしゃいましてね。お知り合いにそのような方がおいでとは、お常さまも顔が広くていらっしゃると、恐れ入りましてございます」

ひと月ほど前と聞いて、思い当たった。お常は『文房四宝のよもやまばなし』を冷淡にあしらっていながら、じつのところ、物語が心に響いていたのではないだろうか。

「あの、大お内儀さまは、ほかに何か話していませんでしたか」

「さようでございますね……」

番頭が記憶をたぐる顔になる。

「その若者が書いたという物語の筋立てを、話してくださいました。文房四宝にまつわる物語でして、ただ、こう申しては何ですが、さして気を引くものでは……。ですが、胸に残っている台詞《せりふ》がございます」

「それは、どのような」

「ええと……。筆は文房四宝の中では下に見られているけれども、書かれる文字で人を喜ばせることができる、じつに尊い道具だ。穂先に用いられている毛の一本一本にも、材となった獣の命が宿っている。と、そんなふうなことだったかと。手前どもも筆を商っておりますので、まことに膝を打つ心持ちがいたしました。お常さまにもそう申し上げましたら、その台詞はもともと、ご自身が口になさった言葉だそうでして」

「まあ、大お内儀さまが」

「仔細は手前にもわかりかねますが、たいそう機嫌のよろしいご様子でございましたよ」

やがて番頭はいとまを告げ、榎木堂へ帰っていった。

おえんとふたりになった文治郎が、わずかに首を振る。

「話の途中から、何がなにやら……」

まるで要領を得ないという顔をしている。

おえんは事の成り行きを、ざっとかいつまんで語った。

「ふうむ。作者の心が動いた瞬間、か」

話を聞き終え、文治郎がしみじみとした口ぶりでいう。

「番頭さんにいわれて思い出したけど、大お内儀さまと笹太郎さんは、この部屋に机を並べて書をたしなんでいましたよ。ふたりのあいだに、そんなやりとりがあったなんて」

おえんの眼裏《まなうら》に、いつかの折に見た情景が鮮やかによみがえった。

感慨深そうに硯箱を見つめていた文治郎が、おえんに目を向ける。

「笹太郎には、お前から渡してやってくれんか」

うなずきかけたおえんの頭に、あることがひらめいた。

「裏の庭に咲いている白梅の枝を硯箱に添えて、持って参ろうと思います」

「梅？」

「松竹梅で、縁起のいい取り合わせでしょう。こんなときに不謹慎といわれるかもしれませんが、大お内儀さまはきっと許してくださるだろうと」

己れの思いつきに、おえんはいくぶん鼻高々になっていた。

だが、文治郎はいぶかしそうな表情をしている。

「いっておくが、笹と竹は異なる草木だぞ」

「え」

「似て非なるものだ。見分け方も、ちゃんとある」

「あら……」

おえんは口許に手をあてた。

――この、おっちょこちょい。

お常の冷やかすような声が、耳許でささやきかける。

また、叱られた。おえんはくすっと笑った。

目を転ずれば、早春の陽を浴びて、白梅が端然とたたずんでいる。

笹太郎には、何から話せばよいだろう。

そう思ったとき、ふいに胸がいっぱいになって、咽喉許から熱いものが込み上げてきた。

青あらし

一

「そうでしたか、大お内儀《おおかみ》さまがお亡《な》くなりに……」

おえんから話を聞いた笹太郎が、それきり言葉に詰まった。

「胃ノ腑《ふ》にあまりよくない出来物があって、お医者さまに診てもらっていたんですよ。むろん、大お内儀さまには黙っていたけど、ご当人は遠からずお迎えがくることを察していたようで」

畳に置かれた硯箱《すずりばこ》へ目を落としている笹太郎に、おえんは穏やかに語り掛けた。お俊の家の居間である。

お常がこの世を去って、二十日余り。梅の花もそろそろ見納めで、桃の花が盛りを迎えている。

硯箱の横に、一冊の本が添えてあった。『文房四宝のよもやまばなし』と題箋《だいせん》に記されている。

「笹太郎さんがお書きになった最初の作だと申し上げたら、感慨深そうになさってね。

でも、笹太郎さんにひと言もなく大お内儀さまにお見せしたことは、思慮が足りませんでした。軽はずみにもほどがあると叱《しか》られたわ。ごめんなさい」

おえんが頭を下げると、笹太郎が両手を前に押し出した。

「そんな、気になさらないでください。本も丁寧に綴《と》じてくださって……。しかしながら、この硯箱は、いつも大お内儀さまのそばにあったと記憶しています。そのような品を、手前が頂戴《ちょうだい》してよろしいのでしょうか」

「笹太郎さんにこそ引き継いでもらいたいと、大お内儀さまが心から望んでおられたのですよ。上蓋《うわぶた》の蒔絵《まきえ》はこういう意匠にしてほしいと、みずから細かく注文を出されたのが何よりの証《あかし》です」

おえんは硯箱を手で示す。上蓋に施された蒔絵には、松の木に寄り添うように、笹《ささ》の葉があしらわれている。

「なんともったいないことで……。手前など、まだ、下手の横好きの域を出ておりませんのに」

「笹太郎、お前の書いた物語の魂が、大お内儀さまに届いたということだよ。戯作《けさく》の善し悪しは、上手下手とは別のものなんだ」

「先生……」

かたわらの戸倉佳史郎へ目を向けた笹太郎が、しばし思案して、おえんに向き直った。

「大お内儀さまにはいま一度お目に掛かり、お詫《わ》びとお礼を申し上げとうございました。とうとうかないませんでしたが、『文房四宝のよもやまばなし』で気持ちがつながったと思うと、胸がいっぱいになります。硯箱は、若輩者への励ましと受け止め、大切に使わせていただきます」

「笹太郎さんにそういっていただければ、大お内儀さまもお喜びになるでしょう」

おえんは、肩の荷をひとつ下ろしたような心持ちがした。佳史郎のほうへ、膝《ひざ》をずらす。

「戸倉さま、本日はどちらかへお出掛けなさったのですか」

佳史郎は柳鼠《やなぎねず》の着物に黒紋付を羽織っていた。

「兄を訪ねて参りました。亡き父の法要のことで相談があると、呼び出されましてね」

「では、木挽町のお屋敷へ」

佳史郎はもともと棚倉藩に仕える戸倉家の三男であった。戸倉家は代々定府で、いまは佳史郎の長兄が当主を務め、木挽町にある藩邸内に住居を与えられている。

「もっとも、子供時分に養子へ出された身ですし、兄のよきように取り計らってもらって、いっこう構わないのですがね。まあ、相談があるとでもいわないと弟が顔を見せないので、兄も知恵を絞ったのでしょう。武家屋敷というところは、どうも肩が凝っていけません」

苦笑まじりにいう佳史郎が、おえんはうらやましくてならなかった。窮屈だろうが堅苦しかろうが、自分が行けといわれたら、何をおいても駆けつける。棚倉藩邸には、いまは小佐田勇之進を名乗っている我が子、友松が仕えているのである。

おえんの気持ちを察したのか、佳史郎が話の穂先を変えた。

「法要の話はさておき、兄がこれを持たせてくれました」

上体をひねり、後ろにある風呂敷《ふろしき》包みを前へ持ってくる。おえんは、結び目をほどく佳史郎の手許《てもと》をのぞき込んだ。

「赤ちゃんの肌着じゃございませんか。それに、おしめもたくさん」

「嫂《あによめ》がこしらえてくれたのです。兄夫婦の惣領《そうりょう》息子はとうに元服しておりますし、私のところに生まれてくる子が、なにか孫のように感じられると、そう申しましてね。お俊が仕事に掛かりきりで赤子のことにまで手がまわらないのではないかと、案じてくれたようで」

「お前さん、それを先にいってくださらないと」

隣の板間から声がして、お俊が部屋に入ってきた。

「それがその、お屋敷から帰ってきてすぐ、おえんさんがお見えになったものだから、話す暇がなくて……」

額ぎわを指先で掻《か》いている佳史郎の脇《わき》に膝を折り、お俊が小さな肌着を拾い上げる。

「ひと針ひと針、丹念に縫ってくだすって……。ありがたいこと」

「お俊さん、お仕事は」

「ちょうど区切りがついたところ」

お俊はおえんに応じ、肌着を風呂敷にもどすと、長火鉢のほうへ膝でいざった。湯気の立っている鉄瓶を持ち上げ、茶を淹《い》れる。

佳史郎と笹太郎の前には、おえんが先ほど淹れた茶が出されていた。康太郎は友だちの家に遊びにいっている。

「康太郎のときもだったけど、悪阻《つわり》が治まったら、お腹《なか》が空《す》いて仕方なくて」

いくぶん膨らんできた腹を、お俊が手でさすった。

「そうだろうと思って、握り飯をこしらえてきたわ。台所に置いてあるけど、食べる？」

「あとでいただくわ。いま食べると、眠くなりそう。あと少しだけ、仕事を進めておきたいのよ」

女たちのやりとりを眺めていた佳史郎が、思いついたように口を開いた。

「ふたりに訊《たず》ねたいのだが、江戸らしい土産物といったら、何があるだろう」

「お前さん、いきなりどうしたの」

お俊がけげんそうに佳史郎を見る。

「兄上と、そんな話になったんだ。近く国許に帰ることになった方が藩邸内にいるのだが、どのような品を差し上げたらよいだろうかと」

「そうねえ。江戸らしくて、お武家の殿方の心にかなう品となると……」

「奥方も一緒なんだ。お俊とおえんさんにも、昨年、石州《せきしゅう》へ移り住んだ友人がいるだろう。それゆえ、何か心当たりがあるのではと思って」

「あら、ご夫婦なの。ふつう、参勤交代のお供で江戸と国許を行き来するのは、殿方だけでしょう」

どことなく話が嚙《か》み合わず、佳史郎が仕切り直した。

国許に帰るのは、戸倉家と同じく定府の家柄の人物で、佳史郎の兄にとっては上役にあたる。長らく江戸勤めであったが、伜《せがれ》に家督を譲り、本人は隠居するのをしおに、江戸を離れることにしたのだという。

「根岸や日暮里《にっぽり》あたりに隠居所を構える話も出ていたのだが、奥方に持病があってね。ゆっくり養生できる場所がいいと医者に勧められたので、この際、奥方の実家《さと》がある棚倉に移る気になられたそうなんだ」

「ふうん、そういうことだったの」

「ごたいそうな品じゃなくていいんだ。贈られた側も、気兼ねなく受け取れるような」

「お千恵《ちえ》さんは向こうで手習い所を開くつもりだといったから、おえんさんとも話し合って筆と墨を御餞別《おせんべつ》にしたけど、とくだん江戸らしい品ではないわね。といって、錦絵《にしきえ》や番付表なんかじゃ、ありきたりだし……」

お俊が考え込む。ふと、おえんは思い当たった。

「かりんとうは、どう。塩味や辛いのは、たぶん江戸よりほかでは手に入らないんじゃないかしら」

「ああ、あのかりんとう。あれなら仰々しくないものね」

「小菊堂」のかりんとうは、おえんがこの家にも買ってきたことがあり、お俊たちも口にしていた。

いったんはうなずいたお俊だったが、ふたたび思案の顔つきになる。

「ああいうお菓子が、お武家さまの口に合えばいいけれど……。しょっぱさも辛みもきついし、けっこう油っぽいでしょう」

「そういわれると、そうね」

かりんとうは、いわゆる駄菓子で、小菊堂ではひと袋が十二文で買えた。ちょっとした使い物にするとしても、武家には不似合いだ。

「いや、案外それがよいかもしれない。奥方は、わりあいに珍しいものがお好きだそうだし」

佳史郎が独り言のようにつぶやき、おえんに顔を向けた。

「十日後にまた、兄に会うことになっていますので、かりんとうの話をしてみます」

茶を飲んでいたお俊が、湯呑《ゆの》みから口を離す。

「かりんとうといえば、お登勢さんはどうなさっているかしらね」

二

五日後、おえんは日本橋通りを南へ、芝口にある「橋本屋」に向かった。

祖母から譲り受けたという仕覆《しふく》の修繕に頭を悩ませていたお登勢に、おえんがお俊を引き合わせたのは、冬の初めのことだった。直し終わった仕覆は、橋本屋が窓口となってお登勢の手許に届けられたが、その折、おえんは組紐《くみひも》のお代とは別に、金一分を謝礼として受け取っている。組紐職人に取り次いだくらいのことで、明らかにもらい過ぎだ。

あれから四月《よつき》ばかり、頭の片隅には常にそのことがあった。お登勢に聞いた話からすると、どこぞ裕福な商家に奉公しているらしいが、店の名を聞かされておらず、じかに本人を訪ねていきようがない。

あすこに行けばお登勢に会えるかもしれないと、おえんはふた月前にも一度、橋本屋に出向いていた。ほかに思いつくのは小菊堂だが、そちらは芽吹長屋からほど近いので、ちょくちょく足を運んでいる。しかし、いずれにしても首尾ははかばかしくなかった。

橋本屋は間口三間と小体《こてい》ながら、店構えには老舗《しにせ》らしい風情《ふぜい》が漂っている。足袋の形をした看板が軒先に掛かっている店に入ると、四組ほどの客があった。手代ふたりと番頭がそれぞれ応対にあたっているものの、一組は店土間で待たされている。

おえんはいささか目を見張った。ここに来るのは三度目だが、これまでは客がいても一組か二組で、手代たちがそれらを捌《さば》き、番頭は帳場格子《ごうし》の内から店座敷に目を配っているという按配《あんばい》だったのだ。

しばらくすると客が一組、帰っていき、土間で待っていた一組が手代の案内で店座敷に上がった。ほどなく、番頭とやりとりしていた客も腰を上げる。

客が店から出ていくのを框《かまち》に膝をついて見送った番頭が、ひと息ついておえんに向き直った。

「お待たせいたしました。芽吹長屋のおえんさんでございますね」

「恐れ入ります。足袋を一足、いただけますか。このあいだ買ったのが、たいそう穿《は》きやすかったので……」

「かしこまりました。たしか、九文半でございましたな」

番頭がおえんの顔ばかりでなく、足の寸法まで憶《おぼ》えていたのはさすがであった。

壁際《かべぎわ》の棚から持ってきてもらった足袋を受け取りながら、おえんは店座敷を見まわす。

「ずいぶんと繁盛《はんじょう》なさっているのですね」

「年に一度、とくにご贔屓《ひいき》くだすっているお得意さま向けの売り出しを催しておりまして」

「へえ、売り出しを」

「大人用の足袋を二足お買い上げになるごとに、子供用の足袋を一足、ご奉仕させていただいております」

「ふうん。子供の足はすぐに大きくなりますし、お客さまも助かるでしょうね」

勘定をすませると、手持ち無沙汰《ぶさた》になった。だが、買い物は前段で、本題はここからである。

「あのう、お登勢さんがこんどこちらへお見えになるのは、いつごろでしょうか」

おえんがおずおずと訊ねると、番頭は弱ったように眉尻《まゆじり》を下げた。

「あいすみません。手前どもには、どうにもお応《こた》えしようがございませんで……」

前に来たときと、返答は同じだった。この店はお登勢の縁者が営んでいると聞いてはいるものの、目の前に幕が下りていて、その先にいるはずのお登勢がまるで見えてこない。

「お登勢さんへの取り次ぎを頼めるのは、こちらよりほかないんです。お目に掛かれる日がわかれば、出直しますので」

「そうおっしゃいましても……。おえんさんが手前どもへお運びくだすったことは、その都度、申し上げてあります。しかし、あちらからの沙汰はございませんし、やはり、金子《きんす》は受け取っておかれては」

おおよそ見当はついていたが、ここで番頭と話していても埒《らち》が明きそうにない。何気なく後ろを振り返ると、客が店先に立っている。武家の女のようだ。

「次の方をお待たせしてもいけませんし、折をみてまたうかがいます。長々とお手間を取らせて、失礼いたしました」

番頭にいとまを告げ、表にいる女に軽く会釈《えしやく》をして店を出ようとしたおえんは、相手の視線が己れの顔にじっと注がれているのを感じ取った。面《おもて》を上げ、遠慮がちに女の容貌《ようぼう》へ目を向ける。

「あっ」

思わず、声が出た。

そこにいるのは紛れもない、お登勢である。だが、おえんの知っているお登勢とは、身なりが異なっていた。髪の結い方も着物の着方も、武家風である。いったい、どういうことなのか。

お登勢は寸の間、思案する顔になったが、

「おえんさん、少しだけ待っていてください」

そういって店に入っていき、番頭とふた言、三言、言葉を交わすと、おえんの許にもどってきた。

おえんはお登勢に伴われ、橋本屋の三軒隣にある汁粉屋の暖簾《のれん》をくぐった。板場から小女が出てきて、ふたりを入れ込みの奥に設けられた小上がりへ通してくれる。相向かいに膝を折ったお登勢が、話を切り出した。

「おえんさんには幾度もご足労いただいたそうで、あいすまぬことをいたしました。ですが、こちらから何をどうお伝えしたらよいのか、案が浮かばなくて……」

「お登勢さんは、お武家さまでいらっしゃるのですか」

「武家の奥向きに仕えているのです。前にお会いした折、町方の恰好《かっこう》をしていたのは、御方さまにかりんとうを買ってくるようにと命じられたからなのですよ。駄菓子を買う行列に、この姿形《なり》で並ぶのは憚《はばか》られますもの。それゆえ、お屋敷を出たのち橋本屋に立ち寄り、身なりを変えて小菊堂に向かっていたのです」

「そうだったんですか」

おえんは、行列に並んでいたお登勢が掏摸《すり》に遭ったことを思い出した。掏《す》られた財布を辰平が取り返してきたとき、わずかな違和を覚えたが、いま思うと財布の意匠が武家好みであったのだ。お登勢の話を聞き、これまで不審に感じていたもろもろが、すとんと腑に落ちるような気がした。

注文してあった汁粉が運ばれてきた。

「それにしても、ここでおえんさんに会えてよかった。文に同封した金子のことを気に掛けておられるそうですが、あすこに書いてある通り、遠慮なく受け取ってくだされればよいのです」

「そうはいっても、金一分なんて身に過ぎます。わたくしもこの四月ばかり、いろいろと考えましてね。初めは、どうにかして金子をお返ししたいと思っていたのですけど、それではかえって無粋な気もして、ただ、受け取るにしても、お登勢さんに会ってきちんとお礼を申し上げなくては、何となく心持ちがむずむずするようで……」

「おえんさん、あなたまことに欲がないというか、生真面目《きまじめ》というか」

箸《はし》を手にしたお登勢が苦笑している。

おえんは汁粉を食べ終わり、はたと顔を上げた。

「お登勢さん、今日もこれから小菊堂へおいでになるところだったのですか」

「いえ、そうではありません。じつをいうと、もうしばらくしたらお暇《ひま》をいただけることになっていましてね。お屋敷を出て、江戸の町に住まいを借りようと思っているのです。もとは商家の娘ですので、町方の暮らしも心得ておりますし……。橋本屋には、そのことで話がございまして」

「商家から武家のお屋敷へ奉公に上がられたのですね。でしたら、実家におもどりにはならないのですか」

「父も母も、とうに亡くなっております。兄が跡を継いでいますが、居心地のよい場所かといわれると、そうでもありませんで」

お登勢の顔に、寂しそうな微笑《ほほえ》みが浮かぶ。

「実家も代が替わると、遠慮しなくてはならないことが増えますものね。わたくしも、いまでこそ長屋暮らしをしていますが、商家の娘ですからわかります。あの、お屋敷にはどのくらいお勤めに」

お登勢がすばやく指を繰った。

「御方さまの側《そば》にお仕えするようになって、かれこれ二十四年になるかと」

「そんなに……。お屋敷を下がってもよいと、御方さまがよく許してくださいましたね」

商家の娘が行儀見習いのために武家奉公に上がることは、さほど珍しい例ではない。ただし、それは嫁入り前の二、三年がせいぜいで、お登勢のように四十半ばまで勤めるとなると、また別格である。長年、身の回りの世話を任せてきた中年の女房を、主君が容易に手放すとは思えなかった。

「それは、まあ……。ですが、御方さまも承知してくださいました。先行きの見通しがついたら、おえんさんの長屋にもごあいさつにうかがおうと思っていたのです」

「そういう事情がおありだったとは……。とはいえ、女子《おなご》がひとりで生きていくのは、それはそれで難儀なものです。市中に家を借りるといっても、あてはあるのですか。実家や橋本屋さんの手助けもおありでしょうが、月々の店賃《たなちん》を払える見込みがないと、大家は貸したがりませんよ。足許を見られて、世知辛いったら、もう。それに、住まう場所によっては、お屋敷にいるときとは周囲の様子がまるで違うでしょうし」

自分のことは棚に上げ、おえんはお登勢の行く末を案じた。同時に、丈右衛門はいつもこういう心持ちで己れを見てくれているのかと、複雑な思いがした。

「まあ。おえんさんは、そうした困難を切り抜けてこられたのですか」

「ひとり住まいも、だんだん慣れてくると気楽に思えることもありますけど、風邪で寝込んだりすると、にわかに心細くなりましてね。熱が出ているときに床から天井を眺めていると、このまま誰にも看取《みと》られずに死んでいくのかって、わびしくなったりして……。あ、そうだわ」

いいさして、おえんは膝を正した。

「お登勢さん、このわたくしに、どなたかお連れ合いをお世話させていただけませんか」

「連れ合い……。それは、どういう」

お登勢が眉をひそめる。

「わたくし、仲人《なこうど》のようなことをしておりましてね。お登勢さんもご存じのお俊さん、あの人とご亭主の仲も、取り持たせていただいたんですよ。ねえ、ぜひお任せくださいな」

「おえんさんが、仲人を。ですが、いまのところは、そういう気はありません。活計《たつき》の道については心配ご無用です。お屋敷に上がる前から茶の湯の稽古《けいこ》をしていて、師範の免状を持っております。それで暮らしは立つものと」

「そういえば、茶の湯を嗜《たしな》まれているというお話でしたね」

いささか気勢の削《そ》がれたおえんを見て、お登勢が慎《つつ》ましやかに笑った。

「お屋敷を下がってひとり住まいをすると御方さまに申し上げたら、やはり縁談を勧められたのですよ。女がひとりでいるのは何かと心許ないだろうし、生涯を共にする殿方がいたほうがよいと……。おえんさんも同じことをおっしゃるので、可笑《おか》しくて」

「お武家さまにずっと仕えていた女の方が、町家でひとり暮らしをお始めになるんですもの。誰だって気を揉《も》みますよ。それで、その縁談はどうなさるのですか」

「御方さまには心苦しいのですが、ご辞退申し上げようと……。この齢《とし》で花嫁御寮でもないでしょうし、さっき申したように、私ひとりが食べていくくらいでしたら、どうにかなりますもの。おえんさんだけに本音をいえば、何にしばられるでもなく気ままに生きることに、憧《あこが》れる気持ちもあるのですよ」

いたずらっぽくいって、唇の両端を持ち上げる。

お登勢のいいたいことにはうなずけるし、主君がお膳立《ぜんだ》てしてくれる縁談であれば、おえんなどが世話するよりも、ふさわしい相手が見つかるに相違ない。

どうやら、こちらの出る幕はなさそうだった。

三

五日後。おえんが長屋を出ると、相店《あいだな》の辰平も路地に現れたところだった。

「辰平さん、おはようございます。これからお仕事ですか」

「おう。おえんさんも、どこかへ出掛けるのかい」

貸本の山を背負った辰平が、おえんの頭から足許まで、さりげなく目でなぞった。

おえんは丁子色《ちょうじ》の縞縮緬《しまちりめん》に黒っぽい帯を合わせている。松井屋へ出向くときなどよりも、いくぶん小粋《こいき》に装《よそお》っていた。

「ええ、ちょいと……。それはさておき」

つつっと辰平に近寄ると、おえんはわずかに腰をかがめた。

「本の綴じ方をうかがった折は、どうもありがとうございました。辰平さんに指南していただいたおかげで、笹太郎さんにお渡しすることができました。お礼をいうのが遅くなって、どうもすみません」

「礼なんか、気にしねえでくれ」

ぼそりと口にして、辰平がおえんから目を逸《そ》らす。

まただ。顔を洗いに井戸端へ出たときや木戸口ですれ違うときなど、おえんが声を掛けても短く言葉を返すきりで立ち去ってしまうので、なかなかお礼がいえなかったのだ。もとよりぶっきらぼうなところのある男だが、おえんはなんとなく避けられている気がしてならなかった。

「辰平さん、あの……。わたくし、何か嫌われるようなことをいったり、したりしたでしょうか。もしそうであれば、お聞かせくださいませんか」

「嫌うだって、そんな」

辰平はいささかうろたえた口調になった。顎《あご》に手をあて、おえんには聞こえぬ低い声で何やらつぶやいたあと、どこか気おくれしたような目を向ける。

「み、見合いをしたんだろ」

「見合い……。それは仲人ですから、どなたかに縁組を頼まれれば、お見合いの席を設けますよ」

「そうじゃなくて、姉さんに聞いたんだ」

「おさきさんに……。ああ、わたくしのお見合いで……。ええ、まあ、しましたけど……」

「見合いをしたあと、どうなったのかと思って」

おや、とおえんは辰平の顔に目を留めた。そんなことを訊《き》かれるなんて……。もしかして、わたくしに関心があるのかしら。

こそばゆい心持ちがして、耳朶《じだ》がじんわりと熱くなる。

だが、そんなはずはないと、すぐに思い直した。辰平は、七年前に起きた大地震の折に女房と娘を亡くし、ふたりのことを忘れられずにいるのだと、おさきから耳にしている。ちょっとでも自惚《うぬぼ》れた己れが、恥ずかしかった。

折しも、石町で五ツの鐘を撞《つ》き始めた。

「あら、もうそんな時分。これから、ええと、その、お見合いした方と、会うことになっておりましてね。少し早めにうかがおうと思っていたのに……。では、わたくしは参りますね」

棒のように突っ立っている辰平を残し、おえんは足早に木戸口へ向かった。

京橋にある呉服問屋「加賀屋」の次男、秋之助からは、正式につき合ってほしいと申し込まれているが、おえんは意を決めかねていた。

この縁組は、跡取りを産むことを求められているものではない。また、いまのところは仲人の祝儀《しゅうぎ》と針仕事の手間賃が入ってきており、どこかへ嫁がないことには食べていけないというわけでもない。

ただ、祝儀目当ての縁結びはしないことにしているので、仲人は稼業《かぎょう》として成り立っていないし、針仕事のほうもいつまで続けられるか覚束《おぼつか》ない。ひとりで年老いていく自分の姿を想像すると、ひどくわびしい気もする。

本当に、わたくしでなくてはならないのだろうか。寂しさから逃れたいというだけで、再縁してもよいのだろうか。

おえんはそうした胸の内を、丈右衛門を通じて秋之助に伝えた。すると、「おえんさんがおっしゃることも、もっともです。こちらとしても、いま少し自分のことを知ってもらいたいし、一度、新しい店へ遊びにきませんか」と返事があったのだった。

おえんが迷っているあいだに秋之助のほうで動きがあり、手頃な家作が神田三島町に見つかって、自分の店を出す時期が、算段していたよりも早まったのである。

三島町の店は、目抜き通りから一本はずれているものの、通行人の行き交う往来に面していた。加賀屋と書かれた真新しい屋根看板が、うららかな春の陽射《ひざ》しに白く輝いている。おえんは三日ほど前にも丈右衛門に付き添われてここを訪ねたが、そのときは短い会話をしただけで帰っていた。

間口四間ほどの軒先に掛かっている暖簾をくぐると、店座敷にいた秋之助が框へ出てきた。

「おえんさん、お待ちしていましたよ。しかしすまないね、遊びにおいでといっておきながら、店の手伝いを頼むようなことになって」

「いいんですよ。初めてお目に掛かった折に、そううかがいましたし」

「助かります。ここに店を出すのが決まってから、あれよあれよという間に事が進んで、開店して半月が経《た》っても、うつつのことではないような気がするときがありましてね」

店座敷には、秋之助のほかに小僧がいるきりだった。番頭と手代もいるにはいるのだが、当座は京橋の本店と掛け持ちで、ふたつの店を行ったり来たりなのだという。

前々から心積もりしていたとはいえ、いささか早計な感じがするのは否《いな》めなかった。

見合いをした折は、おおらかな泰然たる人物とおえんの目に映ったが、こうと思い定めると前へ進まずにはいられないところがあるのかもしれない。

「反物をご所望のお客さまには手前が応対しますので、おえんさんには、それよりほかのお客さまをお願いします。いまのようにどなたもいないこともあるのですが、ひとりのお客さまがお見えになると、次々と入ってこられるときもありまして」

「はい、わかりました」

おえんは店の中を見渡した。反物などは壁際の棚に収まっているが、袋物や手拭《てぬぐ》いといった小物は、店土間に設けられた台の上に並べられている。呉服屋と小間物屋のいいところを選り抜いたような品揃《しなぞろ》えであった。

秋之助が小僧を呼んだ。

「こちらは、今日一日、店を手伝ってくださるおえんさんだ」

小僧が、前髪のある頭をひょこりと下げる。

「おえんさん、よろしくお頼みいたします」

「こちらこそ、わからないことは教えてくださいね」

それから一刻《いっとき》ばかりのあいだに、おえんは紙入れと白粉《おしろい》をひとつずつ売った。

正午ちかくになった頃、店に女の客が入ってきた。

「おいでなさいまし」

おえんは框に膝をついて頭を低くする。秋之助と小僧は、裏手にある蔵へ反物を取りにいっていた。

「ここに、こうしたお店が出来たのですね。ちょいと見せていただきますよ」

齢の頃はおよそ五十、商家の隠居といった風体《ふうてい》で、おえんのまぶたには達者であった時分のお常が浮かぶ。

「お気に召したものがありましたら、お申し付けくださいね」

「あの、これなんですけども」

小物類を眺めていた客が、ひとつの袋物を指差した。

「孫娘が琴の稽古に通っておりましてね。このあいだのおさらい会で音を違《たが》えずに弾くことができたので、ご褒美《ほうび》に何か買ってやりたいと存じまして」

「さようでございますか、お孫さんに」

おえんは示された巾着袋《きんちゃくぶくろ》を手に取り、客の見えやすいように置き直した。柿《かき》色の緞《どん》子地《すじ》に、珊瑚《さんご》色の紐が組み合わせてある。

客がしげしげと品に見入った。

「この、緞子地に織り込まれている撫子《なでしこ》の柄が、なんとも可憐《かれん》ですこと。ただねえ、紐の色がもう少し違うものだとよかったのだけど」

「紐を取り替えることもできますよ。見本をお持ちいたします」

腰を上げたおえんは、壁際の棚の前に立った。秋之助が蔵から帰っていたが、そのまま応対を続けるようにと目顔《まがお》でうながされ、見本の紐が入っている引き出しを携えて客の前にもどった。

「お孫さんは、おいくつでいらっしゃるのですか」

「十四ですの」

「そのくらいのお齢でしたら、珊瑚色もお似合いだと思いますが……。ほかですと、このあたりはいかがでしょう」

おえんが並べたいくつかの見本をのぞき込み、客が首をかしげる。

「どれも奇麗な色ですけど、ちょっと違うような……。あの子は齢のわりに渋い好みをしておりまして」

おえんはわずかに思案する。

「ふだんはどのような色合いの着物をお召しになっておられますか。ここにある袋物や紐の見本の中に、似たような色味がございますでしょうか」

「ええと、これとか、それとか」

指差されたものを見たおえんは、ふと思いついて自分の襟許へ手を持っていった。

「わたくしが着ておりますこういう色味はいかがですか。柿色との組み合わせはもちろん、お孫さんが持っておられる着物にも合わせやすいと存じます」

おえんの着物に目をあてた客が、いささか驚いた表情になった。

「ええ、あなたのいう通りですよ。どうして気がつかなかったのかしら。じゃあ、その色の紐をお願いできますか」

「恐れ入りますが、十四の娘さんに、そちらは地味すぎるかと」

背中から声が飛んできた。振り返ると、秋之助が近寄ってくる。おえんは膝をずらして場所を譲った。

「手前は、この店の主人をしております。横から割って入り、差し出がましくはございますが、いささか話が気になりましたので……。このところ、若い方たちには少々くすんだ色味が流行《はや》っておりますが、流行はいずれ廃《すた》れるものでございます」

秋之助は客の前に出されていた紐の見本を引き出しに移し、緞子地の巾着袋がまるまる見えるようにした。

「手前どもは本店を京橋に構え、そちらではおもに呉服を商っておりまして、この珊瑚色のような明るい色味がよく出ております。十四の娘さんでしたら、親御さんはそろそろ嫁入り道具の支度もなさろうかと存じますが、そうした品々との釣り合いなども配慮しますと、このままの組み合わせが無難ではございませんでしょうか。ただいま店の者がお勧めした色味は見本にございませんので、別誂《べつあつら》えとなりますし」

「ふうん、そういわれるとねえ」

客は考え込んだ顔で、しばらくのあいだ巾着袋を矯《た》めつ眇《すが》めつしたのち、家でいま少し思案してみますといって帰っていった。

四

おえんが深川佐賀町にある松井屋に顔を出したのは、三月もあと五日ほどで終わるという日の昼下がりであった。文治郎や店の女中たちがお常の遺品を片付けているが、中には処分に困るものもあるらしく、おえんも折をみて足を運んでいた。

裏口にまわって声を掛けると、台所にいた女中のおいちが奥へ通してくれる。仏壇に手を合わせていると、文治郎が部屋に入ってきた。

「久しぶりだな」

おえんは半月前にも松井屋を訪ねているが、文治郎が寄り合いに出掛けていたので、顔を合わせてはいなかった。

「大お内儀さまが生きていらしたときは、日参しておりましたが……。あの、少しお痩《や》せになりましたか」

仏壇を背にしたおえんは、向かいに坐《すわ》る文治郎を見て眉を寄せた。頬の肉がいくぶん削げ、顎が尖《とが》っている。顔色も、なんとなく土っぽい色をしていた。

「ふむ。七日ごとの法要やら何やらで、ばたばたしているせいかな。あまり寝ていないし、ものを食べても味がせぬのだ」

店の商いは番頭に任せられても、親戚《しんせき》への応対や寺との打ち合わせなどは文治郎があたらなくてはならず、疲れがたまっているのだろう。といって、離縁された元女房が余計な手出しをするわけにもいかない。

いくぶん後ろめたさを覚えつつ、おえんは話を変えた。

「大お内儀さまの硯箱は、笹太郎さんに渡しておきました。大事に使ってくださるそうです」

「そうか、おっ母《か》さんも満足するだろう」

文治郎が力なく笑う。

「それと、丈右衛門から聞きましたが、幸吉はお祖母《ばあ》さまとのお別れが近いことを、それとなく察していたそうですね。暮れにこちらで過ごした折に、自分が死んでも急いで帰ってこなくていいと、大お内儀さまが申されたそうで……。川越へもどるときには、そんなこと、ひと言もいってなかったのに」

「ああ。奉公先のご主人から届いた文にも、そう書いてあった」

「もうじき、四十九日になるのですね。あっという間のような、長かったような……。お寺での法要にうかがうのは、やはり遠慮することにいたします。さっきおいちに聞いたら、けっこうな人の数になりそうとか。大お内儀さまは顔の広い方でしたでしょう。にわかに亡くなられて、弔いに来られなかった人たちもいたようで……。わたくしはここに参れば、いつでも大お内儀さまとお話しできますもの」

相づちがないのに気づいて、おえんが顔を上げると、文治郎は障子の開け放たれた縁側をぼんやりと見つめていた。

「梅も、終わってしまった」

かすれた声で、ひっそりとつぶやく。目は薄い膜に覆《おお》われ、瞳《ひとみ》に映る光が曇っている。

魂の抜けたような横顔を目にしながら、おえんは何ともいえない心持ちになった。文治郎は、ともすると異常にも思えるほど結びつきの強い親子であった。文治郎の母親を失った悲しみは、存外に深いとみえる。

この人に、支えとなる伴侶《はんりょ》を引き合わせなくては。

おえんの肚《はら》に、ぽっと火の玉が点《とも》った。

「旦那《だんな》さま。大お内儀さまの四十九日がすんだら、旦那さまの後添いになる方も、本腰を入れて探さなくてはいけませんね。頼まれたまま、手をつけられずにおりましたが」

「なんだ、いまごろ……」

文治郎がゆるゆると顔をもどす。

「あれは、取り下げる。忘れてくれ」

「取り下げるって、どういうことですか」

「その、何から話せばいいか……。じつをいうと、木挽町のお屋敷から縁談を持ち掛けられていたのだ。少しばかり話を聞いてみたが、どうも気が進まなくてな。しかし、まともに断わったのでは、御用達《ごようたし》の商いに差し支えが出るかもしれぬ。お前が適当な後添いを見つけてくれれば、うまく申し開きができるだろう。そう思案したゆえ、お前に頼んだのだ。おっ母さんを安心させてやりたい気持ちも、もとよりあったが」

「まあ。そんな縁談があったなんて、ちっとも知らなかった」

「幾度か話そうとはしたんだ。お前が聞いてなかったり、何やかやと邪魔が入ったりして……」

　文治郎の口がへの字になる。

「ちょっと待ってください。わたくしのほうの後添い探しを取り下げるということは、持ち掛けられた縁談をお受けする気になられたのですね」

「いや、断るつもりだ」

「え、え。断ったら商いに差し支えるかもしれないって、いま」

　頭がこんがらがっているおえんを、文治郎がふてくされたような目で見た。

「差し支えたら、それはそのときだ。友松――小佐田勇之進さまの顔もおっ母さんに見せてやれたし、仮に御用達を取り消されるような事態になったとしても、甘んじて受け入れればすむことだ。おっ母さんがいなくなって、何もかもが面倒くさく思えてきた」

　おえんは絶句した。文治郎の理屈は明後日《あさって》の方向へ飛んでいる。

　出されている茶をひと口飲み、心を落ち着けた。

「ともかく、その縁談について、仔細を聞かせていただけませんか。お相手は、どういう方なんです」

「棚倉城下にある商家の娘で、家はお城に乾物を納めているそうだ」

「ふうん、お国許の御用達商なのですね。松井屋とは釣り合いが取れていると思いますけど……。その娘さんの、何がお気に召さないと」

「娘というが、齢を聞いたら四十五だと。私より年嵩《としかさ》だぞ」

前に、後添いにはどんな人を望むのかとおえんが訊ねたとき、おえんと同じくらいかもうちょっと若いのがいいと、文治郎はやけに齢のことを気にしていた。

「四十五……。その方、これまでずっと独り身でいらしたのですか」

「一度、嫁いだことがあるらしいな。子が出来ずに、実家へ帰されたんだとか。つまり、出戻りだ。縁談とは名目で、出戻りの婆《ばあ》さんの面倒をこの私に見させようと、じっさいはそういうことだろう」

鼻息を荒くした文治郎が、おえんの白けた表情に気づいて肩をすくめた。

「ふむ、お前も出戻りだったな」

おえんはもうひと口、茶を飲んだ。

「実家へもどってこられたあと、どうなさっていたのでしょうね。乾物屋の商いを手伝っていらしたのかしら」

「さあ、そこまでは……」

文治郎が首をひねる。

「うかがっていないのですか」

「それとなく意向を探られたというだけの話だからな。木挽町のお屋敷でお役人と用談に入る前に、世間話のついでに持ち出されたのだ。乾物屋の屋号も、むろん娘の名も耳にしてはおらん。あれこれと訊ねて、脈があると思われるのも厄介だし……。だが、この前も、あの話のことを考えてくれたかと訊かれてな。近いうちに、正式な申し入れがあるような気もする」

おえんは、畳を指先で軽く打った。

「お相手の年齢はさておき、藩のほうで取り持ってくださる縁談をお断りするなど、得策ではありません。お国許の御用達商から後添いをおもらいになれば、松井屋は棚倉城下に足掛かりを築けるのですよ」

「それはそうだが、四十五……」

「もしお断りして、御用達を取り消されるようなことにでもなったら、この店を継ぐ幸吉はどうなるんです。幸吉はまだ、小佐田さまにもお目に掛かっていないのですよ。

御用達であれば、この先、兄と弟が再会する折もあるでしょうに……。正式な申し入れがあってからでないと何ともいえませんが、よくよく了簡《りょうけん》なさいますように」

顔をしかめている文治郎に辞去を告げ、おえんは部屋をあとにした。

台所へ行くと、板間に見知らぬ男がかしこまっていた。齢は二十五、六。顔を見るのは初めてだが、かたわらに置かれた荷は、おえんの目に馴染《なじ》みがある。

男の向かいに膝をついていたおいちが、立ち上がって近寄ってきた。

「おえんさま、お帰りですか」

「ええ。そちらは、貸本屋さんかえ」

ひょいと首を伸ばすと、うずたかく積まれた本の横にいる男が、頭を上下させた。

「毎度お世話になっております。太吉といいます」

「大お内儀さまが読んでおられるのを見た旦那さまが、女中たちも本を借りてよいといってくださいましてね」

「そう、旦那さまが」

おえんはいくらか意外な心持ちで、おいちを見る。

「次の日の仕事がおろそかになってはいけないし、行燈《あんどん》の油ももったいないので、寝る前の四半刻《しはんとき》だけと決めて読んでいます。字の読めない女中に、わたしが字を指でなぞりながら読んでやっていたら、ひとりで読めるようになったんですよ」

「たいしたものね。おいちは、何を借りることにしたの」

「いま、選んでいるところだったんです。おえんさまも、ご覧になりませんか」

そういって、おいちが先ほどの場所にもどる。その隣に、おえんも坐った。

「太吉さん、さっきの続きですけどね、次は弥次喜多物ではなくて、仇討物《あだうち》が読みたいんですよ。男振りのいいお侍が出てきて、仇を討ったあとにしとやかなお姫さまと結ばれるような、そういう話」

本の山の真ん中あたりから、太吉が十冊ほどを抜き出した。

「このへんが仇討物です。それから」

山の上のほうから、もう一冊。

「こっちは仇討物じゃねえが、めっぽう男振りのいいお侍が出てくる話で」

「ふうん、どっちにしようかねえ」

おいちが本を選ぶ光景は、おえんが思っていたのとはずいぶん違っていた。実家にいる時分、出入りの貸本屋から本を借りていたが、あらかじめ向こうが見繕ってくれる数冊を、おえんはそのまま受け取って読んでいたのだ。嫁入り前の娘がいかにも好みそうな内容ではあったが、それが続くといつしか飽きてしまった。

「おいち、どちらも借りたらいいじゃないの」

苦笑するおえんに、太吉が戸惑い気味に目を向けた。

「あのう、そちらさんは、このお店のお内儀さんでいなさいますか」

「まあ……。申し遅れましたが、わたくしは芽吹長屋のえんと申します。生前の大お内儀さまと親しくさせていただいておりましたので、お線香をあげに参ったのですよ」

さようで、と得心しかけた太吉が、口をすぼめた。

「芽吹長屋……てえと、辰平兄ィの」

「おや、辰平さんをご存じで」

「ご存じもなにも、あっしは兄ィに仕事のやり方を仕込んでもらったんでさ」

おえんは目を丸くした。

「あら、そう。どのくらい前のことですか」

「さいですね、七、八年前になりますか。兄ィの得意先回りに従《つ》いていって、仕事のやり方を見よう見まねで覚えまして」

「じゃあ、太吉さんも芽吹長屋へお見えになったことがあるのですね」

太吉が手を左右に振った。

「その時分は、兄ィは神田明神下にある長屋に住んでたんでさ」

「神田明神下」

「へい。おかみさんと嬢ちゃんと、三人で……」

ふっと、太吉が遠い目になる。それは、ほんの束の間であった。

「あの、兄ィはいま、どうしていなさいますか」

「どうって、貸本屋をしておいでですよ。太吉さんみたいに」

いぶかりながらおえんが応じると、太吉の表情がほどけた。

「ああ、そりゃよかった。いえね、兄ィはいっとき塞《ふさ》ぎ込んで、仕事はおろか誰にも会わなくなっちまって……。兄ィの姉さんて人が、芽吹長屋ってとこに兄ィを引き取ったというのは仲間から聞いて知ってたんですが、それきりになってましてね。持ち場が違うと、顔を合わせることもねえし……。そうですか、また貸本屋を」

ほっとしたようにうなずいて、太吉はおいちとやりとりし始めた。

辰平がいっとき塞ぎ込んだ訳合いに、太吉は触れなかったが、おそらく大地震のことに違いない。語られなかった空白の時に思いを馳《は》せると、おえんはなんだかやるせなくなった。

五

月が替わると、陽の光に力強さが増し、江戸は初夏らしい陽気に包まれた。長屋の裏手にある芽吹稲荷《いなり》の境内は木々の新緑に染まり、拝殿の軒下には今年も燕《つばめ》が巣を掛けた。

その日、長屋にいるおえんを、お俊が訪ねてきた。

「先に頼まれていた組紐が仕上がったの。届けにきたわ」

「わざわざ、そんな。わかっていたら、こちらからうかがったのに。さ、どうぞ上がって」

「いつも坐ってばかりだし、歩いたほうがいいのよ」

部屋に上がったお俊は、はっきりと目立ってきたお腹に手を添えながら腰を下ろし、袂《たもと》から袱紗《ふくさ》を取り出すと、畳の上に広げた。

「そう、この色よ。いいわねえ」

ひと目見て、おえんは声を上げた。先月、秋之助の店を手伝った折には見本になかった丁子色の組紐を、お俊にこしらえてほしいと頼んであったのだ。

「こんどお店へ持っていって、見本の色味を増やしてはどうかと、秋之助さんに案を出してみるわ。うんといってもらえたら、お俊さんにお願いしたいのだけど……」

「それは構わないわよ。ただ、秋之助さんとの縁談がこんなに進む前に、話を聞かせてほしかった。まったく水臭いんだから」

「先の見通しが立つまで、話せなかったのよ。もっとも、いまだって何も決まっていないけど」

「どことなく肩透かしをくらった気持ちだわ。おえんさんは、辰平さんだと思ってたのに」

お俊は真顔だった。

「なっ……。あの人は、そういうのじゃありませんよ」

急須《きゅうす》を持っている手がわずかにぶれ、茶が湯呑みからこぼれる。おえんは慌《あわ》てて、長火鉢の猫板を布巾で拭《ふ》いた。

「ふうん。まあ、おえんさんとこの番頭さんが持ってきた話だし、お人柄も申し分ないんでしょうけど……。それはそれとして、松井屋のほうには秋之助さんとのことを話してあるんでしょうね」

「お見合いをする前に、おおよそのところは。でも、文治郎さんは自分のことで手一杯だと思うわ。ここだけの話、木挽町のお屋敷から勧められている縁談があるみたいでね」

「へえ、木挽町の」

出された茶を飲みかけて、お倹の動きが止まる。おえんは縁談のあらましをところどころかいつまんで語った。

「縁談をお受けすれば、松井屋は棚倉藩との結びつきを深めることができる。御城下に足掛かりも築ける。それを断りたいだなんて、どういうつもりなんだか。四十五の女は、婆さんなんですってよ。自分を何だと思ってるのかしら」

話していると、胸がむかむかしてくる。お倹が小さく噴き出した。

「あなたも気が休まらないわね。別れたご亭主なんて、放っておけばいいのに……。とはいえ、幸吉さんのこともあるし、そうもいってられないか」

「文治郎さんがどうこうというより、大お内儀さまがあの世でどんなふうに思われるかと、それが胸に引っ掛かっているの。わたくし、大お内儀さまが亡くなる折に、置き土産を受け取ったような気がしていてね」

「置き土産？」

けげんそうに訊き返される。

「果たさなくてはならない務めとか、本分といい換えてもよいかと……。あの世へ旅立つ人は、周囲にいる者たちに、そうしたものを残していくと思うの」

「それで、置き土産……」

「わたくしが大お内儀さまから与えられた置き土産は、己れの人生を生ききること。それをまっとうするためにも、松井屋にかんする気掛かりに、きっちりとけりをつけておきたいのよ。だから」

「そういうことであれば、別れたご亭主の行き先を、しかと見届けなくてはね」

　お俊が得心した顔つきになった。

「こんなことをいうとおかしいかもしれないけど、文治郎さんから縁談の相手のことを聞いたとき、どういうわけかお登勢さんの顔が頭に浮かんだの。お登勢さんも商家の生まれ育ちで、齢が四十五くらいでしょう。いま、縁談が舞い込んでいるといっていたし、だからそんなふうに思ったのかしら」

　お登勢が商家から武家奉公に上がった人であることは、丁子色の組紐を頼みにいった折に、お俊にも話してあった。

「いくらなんでも、思い違いじゃないの。こういっては何だけど、おえんさんは昔から、ちょいと先走るところがあるし……。たしかに、お登勢さんはそのくらいの年回りに見えるわよ。でも、文治郎さんの縁談の相手は棚倉城下にいるんでしょう。江戸で武家奉公をしているお登勢さんとは、どうしたって結びつかないわ」

「それもそうよね。大お内儀さまにも、そそっかしいのを咎《とが》められたんだった」

おえんは苦々しく笑った。

穏やかな昼下がりであった。縁側に小鳥の声が聞こえている。

「お俊さんに、前から訊きたかったことがあるのよ。佳史郎さんと連れ添うと肚を固めたときは、何が決め手になったの。そりゃ、佳史郎さんはあの通りの美男子だし、康太郎ちゃんの父親になってもらいたい気持ちもあっただろうけど、でも、それだけではないでしょう」

相手の肚を読むような視線でおえんの目鼻をなぞると、お俊はいくらか思案した。

「前の亭主は、康太郎がまだわたしのお腹にいるときに、流行り病であの世へ逝《い》っちまった。ほんとうに、あっという間でね。人間の生命なんてあっけないもんだと、肌身に沁《し》みたわ。わたしも明日には死ぬかもしれない。だったら、目の前にあるいまを大切にしよう。そう思ったの。それが、あの人の置き土産ね」

「……」

「いつだったか、夕方になっても康太郎が家に帰ってこなくて、わたしがこのへんまで探しにきたことがあったでしょう。かどわかしに遭ったんじゃないかと騒いでいたら、佳史郎さんに肩車された康太郎が現れて……」

その折の情景が、おえんの目に浮かび上がった。

「お俊さんと佳史郎さん、康太郎ちゃんの三人に、ここへ上がってもらったのよね。佳史郎さんが、お俊さんの前でいろいろと申し開きをなさって」

「あのとき、目の前の佳史郎さんに、しくしく泣いてる男の子が重なって見えたの。五つでお武家から町方へ養子に出されて、どうしていいかわからなくなってる男の子の姿が……。この人をまるごと大切にしてあげたい、ううん、大切にしてあげなくては。そんな気持ちになったのよ」

「お俊さん……」

「いまので、答えになっているかしら。こんなこと、他人《ひと》に話すとは思わなかったわ」

照れくさそうに鼻を鳴らして、お俊は表情を改めた。

「おえんさん、何を思い悩んでいるの」

「その、うまくいえないのだけど……」

「そうね。若い時分なら、えいやっで飛び込めたことも、年齢を重ねて知恵がついたぶん、あれこれ考えて迷ってしまうかもしれないわ。人はみな、めいめいに辿《たど》ってきた道のりがあるのだから、拠《よ》りどころとなるものも、ひとりずつ違う。おえんさんにも、おえんさんだけの答えが見つかるといいわね」

いずれ秋之助さんにも会わせてね、といってお俊が腰を上げた。

框を下りるお俊に手を貸しながら、壁際の茶簞笥《ちゃだんす》がおえんの目に入った。

「小菊堂のかりんとうを買ってあったのに、忘れてた。お出しすればよかったわ」

「いいのよ。お腹が大きくなったら、こんどはあまり食べられなくなっちまって……。あ、そうそう」

お俊がおえんを振り返る。

「佳史郎さんの兄上さまだけど、上役の方は辛いかりんとうのことを、もうご存じだったんですって。佳史郎さんが、がっかりしていたわ」

「佳史郎さんの兄上さま……。ああ、上役の方にお渡しする、江戸らしいお土産を探していらしたのだったわね」

「お登勢さんも町方の身なりに扮して行列に並ばれていたというし、案外、お武家さまで贔屓になさっている方が少なくないのかもしれないわね」

「ねえ、お俊さん。かりんとうを買ってくるようにとお登勢さんに命じたのが、その上役の方だったとしたら……」

「また、おえんさんったら。江戸にいったい、いくつの武家屋敷があると思っているの。お大名の江戸屋敷だけで何百という数だと、佳史郎さんに聞いたことがあるわ。棚倉のお殿さまのお屋敷は、その何百のうちのひとつにすぎないのよ」

お俊の声には、おえんをたしなめるような響きが混じっていた。

六

五日後、朝餉《あさげ》をすませたおえんは、身支度をととのえて長屋を出た。

秋之助と見合いをしてからこっち、丈右衛門が取り次いでくれていた針仕事を減らしていることもあり、おえんが外へ出る折は増えている。その丈右衛門は、お俊が訪ねてきた翌日に長屋に顔を見せたが、「おえんさんは客あしらいがとてもお上手です」と秋之助から聞かされたといい、すっかり気をよくしていた。

日本橋を渡って八丁堀を通り、霊岸島へと向かう。南新堀町にある紙問屋「津野屋」の前には大八車が停まっていて、店から出てきた手代たちが菰《こも》の掛けられた荷を中へ運び入れていた。

「ごめんください」

店土間に立つと、帳場格子の内から声が掛かった。

「おえんさま、おいでなさいまし」

立ち上がって框へ出てきたのは、お布由である。背中に屋号の入った半纏《はんてん》を、着物の上に羽織っていた。

「お布由さんが、お店に出ているのですか」

「そうなんです。篤三郎さんにお医者を続けていただくためにも、わたしがお店をしっかりと守らなくては。お父《と》っつぁんと話し合って、番頭に算盤《そろばん》を仕込んでもらうことにしました」

お布由の双眸《そうぼう》には、新妻の華やぎと矜持《きょうじ》がみなぎっていた。おえんが帳場格子へ目をやると、番頭が黙礼を送ってくる。

「ところで、本日はどのようなご用向きで」

「堤先生はおいでになりますか。少々おうかがいしたいことがあって」

堤篤三郎が往診へ出掛ける前にと思い、おえんは朝の早いうちから訪ねてきたのだった。

お布由はおえんを奥の客間へ通すと、みずから茶を淹れてきた。

「篤三郎さんはじきに参りますので、いま少しお待ちください。わたしは店にもどりますね」

おえんの前に湯呑みを置き、部屋を出ていく。

しばらくすると、廊下に足音がして、堤が現れた。顔を合わせるのは、松井屋のお常が亡くなる前日以来、およそふた月ぶりになる。

「おえんさん、お待たせいたしました。昨夜、急に具合を悪くした患者がいましてね。明け方まで掛かったので、今朝は起きるのがいくぶん遅くなりまして」

向かいに腰を下ろした堤は、普段着に着替えているものの、顎には髭《ひげ》が点々と伸びかかり、目も睡《ねむ》たそうであった。

「とんだ失礼をいたしました。出直して参りましょうか」

「それには及びません。義父《ちち》やばばさまにも、手前には気遣いなく、婿《むこ》として扱ってくださいと申してあるのですが……。どうにも甘やかされておりまして」

そういって、ぼんのくぼへ手をやる。婿に入った堤が津野屋の人々からあたたかく迎えられているのが、おえんにもうかがえた。

「何か、手前にお訊ねになりたいことがおありとか」

「それが、松井屋の旦那さまのことでしてね。大お内儀さまが他界したあと、ものを食べても味がしないとか、何もかもが面倒くさいとか……。親を亡くしてがっくりくるのは、わたくしにも覚えがありますが、旦那さまのは度を越しているように思えるのです。あまり眠れていないみたいで身体《からだ》も痩せましたし、いささか気になりまして」

堤が腕組みをした。

「先月の半ばに、あの近くまで往診に参った折、松井屋さんに立ち寄りました。仏壇に線香をあげて、旦那さまとも話しましたが、たしかにお痩せになりましたね。覚悟なさっていたとはいえ、さぞかし気落ちされたのでしょう。日ごろ、ご家族を亡くした方たちを見ておりますと、四十九日で気持ちに区切りがつく方もいますし、百か日でも涙にくれる毎日を送っている方もおられます。それでもだいたい一周忌を迎える頃には、故人の死を受け入れられるようになるのではないかと……。人それぞれですので、一概にいえることではありませんが」

「そうおっしゃるのも、もっともではございますけど……。気の晴れない日が長く続いて、何かを思い詰めたあげくに、周りが思いもよらないようなことを、旦那さまがしでかしたりはしないでしょうか。これくらいのことで案じすぎると思われるかもしれませんが、前にそういう方を見たことがございまして、その」

おえんの話に耳を傾けていた堤が、顔つきを引き締めた。

「久木　某《なにがし》という御仁のことですか」

「こちらへ婿に入るとき、先生はご存じで……」

とおえんさんの経緯を語る上で、義父から聞きました。他言は一切まかりならぬが、津野屋とおえんさんの経緯を語る上で、久木どのの一件を抜きにはできないといって……。

手前もこのほど木挽町のお屋敷に出入りを許され、往診に出向くようになりましたし、おおよそのところをわきまえておかないと、何かと不都合が生じますので」

「そうですか……。でしたら、小佐田勇之進さまのことも」

堤がわずかにうなずく。

「おえんさんのご心配のほどは、心得ました。近いうちに松井屋さんへ参ってみましょう。旦那さまにお話をうかがい、できればお身体も診せていただこうと」

「恐れ入ります。あの、それともうひとつ」

いいかけたものの、おえんは口をもごもごさせたきりだった。

一周忌どころか、何年ものあいだ胸に押し込めてきた悲しみが、いつか溶けてなくなる日はくるのでしょうか。

咽喉《のど》許まで出かかっているのに、なぜか言葉にできなかった。

「ほかにも気掛かりがおありですか」

おえんは首を横に振ると、湯呑みに残っている茶を飲んだ。

それを見ながら、堤が顎を手で撫《な》でる。

「そういえば、おえんさんはお登勢さんと知り合いなのですか」

「お登勢さん……。ええ、はい」

どうして堤の口からお登勢の名が、と思う。

「ひと月くらい前でしたか、芝口の往来にふたりでいらっしゃるのをお見掛けしたのです。声を掛けようかと思ったのですが、こちらも患家へ向かうところでしたので、そのまま失礼いたしました」

「ああ、さようで……」

「御方さまが棚倉へお発《た》ちになる日が近づいていますから、お登勢さんもお遣いに出されることが多いようですね。お見掛けしたときも、何やら急いでいるご様子でした。それにしても、世間は狭……」

「ちょっ、ちょ、ちょ」

おえんは話をさえぎった。

「あ、あ、あの、お登勢さんは木挽町のお屋敷に奉公なさっているのですか」

まぶしいものを見るような目になった堤から、おえんはお登勢が棚倉藩江戸屋敷で御用人を務める深井《ふかい》家に奉公していることを聞いた。お登勢が仕えているのは深井家の隠居の妻女で、心ノ臓に持病があり、蘭方《らんぽう》の知見を持つ堤が先ごろから診察にあたるようになったという。

なんと、何百にひとつの偶然が、ここにあったのだ。

そうと判明すると、おえんは堤に事情を打ち明け、ある頼み事をした。

「堤先生から深井の御方さまに、お登勢さんには松井屋文治郎との縁談をいまいっそう勧めていただけるよう、お願いしてもらえませんか」

「手前が、ですか」

堤がためらいがちに応じる。

「お登勢さんには、わたくしが文をしたためますので、そちらも届けていただけませんでしょうか。お使い立てして、まことに申し訳ないのですが……」

「む、む、む。お布由との縁を取り持ってくださったおえんさんに頼まれたとあっては、断ることもできませんな。お引き受けいたしましょう。とはいえ、憶測と思われることもいくつかありますし、少しばかり話してみて、御方さまの意に添っていないようだと手前が判断したときは切り上げますが、よろしいですか」

「むろんでございます」

「お屋敷への往診は、五のつく日となっております。次は十五日、それまでに文をお持ちください」

おえんは長屋に帰ると、さっそく筆を執った。お登勢に宛《あ》てた文には、松井屋文治郎がおえんの別れた亭主であることや、離縁に至った経緯などを包み隠さず記し、町家にひとり住まいをしたい気持ちもあるだろうが、一度、文治郎に会ってみないかと書き添えた。

文はおえんから堤に託され、十五日の往診の折にお登勢へ渡された。同時に、堤は深井の御方さまに事の次第を話してくれた。

お登勢からの返事は、二十五日に堤が持ち帰った。おえんが文を開くと、そこにはまず、お登勢の身の上がざっと書き付けられていた。お登勢は棚倉城下の乾物商「大《だい》黒屋《こくや》」の生まれで、四十四歳。十六で城下にある商家へ嫁いだものの子が出来ず、三年で実家にもどっている。そうして一年になる頃、いまの主君である河本芳江《かわもとよしえ》から声が掛かった。武家の娘である芳江は、お登勢が十から通っている茶の稽古所では同門で、身分の差はあれど、ふたりは親しく行き来していた。その芳江が、江戸屋敷御用人の深井家に嫁ぐことになり、出府にあたってお登勢を側付きの女房として召し抱え、江戸へ連れていきたいと申し出たのである。

そうしたわけで、お登勢が江戸に出てきてから、およそ二十四年の歳月が流れた。このほど、芳江が夫の隠居を機に帰国する運びとなり、お登勢は暇をもらって江戸に留まることにしたが、そのあたりは以前、おえんに語った通りだった。

縁談については、ほかならぬおえんの申し入れであり、御方さまにも再度、勧められたので、文治郎に会ってみようと思う、と書かれていた。ただし、こたびの話は棚倉藩や深井家が後ろに控えているものではなく、自分も堅苦しいことは遠慮したいので、万事をおえんに取り仕切ってもらいたい。御方さまの了承もいただいてある、とあった。

おえんに異存のあろうはずがない。

松井屋へ飛んでいって文治郎とも話をつけ、見合いの席を設けることとあいなった。

七

五月半ばの当日、長屋をあとにしたおえんは松井屋へ行き、文治郎と舟に乗って大川を遡《さかのぼ》った。席が押さえてあるのは、先におえんが秋之助と見合いをした駒形の料理茶屋「汐見亭《しおみてい》」で、昼餉を摂《と》りながら顔合わせをするという趣向だ。

大川に面して建つ汐見亭は、裏口が船着き場になっている。おえんたちの乗った舟が着くと、女将《おかみ》がじきじきに迎えに出てきて、二階の八畳間へ通してくれた。深井家の家人が供をしてくることになっているお登勢は、まだのようだ。

座布団《ざぶとん》に膝を折った文治郎が、どうも蒸し暑いなといって、着物に羽織っている黒の紋付を脱いだ。

「旦那さま――今日は文治郎さんと呼ばせてもらいますが、ちゃんとしてくださいな。お登勢さんに粗相のないようにしないと」

「そんなにぎすぎすしなくてもいいじゃないか。向こうが着いたら、仲居が知らせにくるだろう。それから羽織ればいいさ」

うそぶきながら、文治郎が首をめぐらせる。

「ここは丈右衛門さんが贔屓にしているのだろう。あの人も、なかなか味な店を知っているんだな」

おえんは立ったまま、部屋の調度に目を這《は》わせた。秋之助と見合いをしたのとは別の座敷だが、床の間に置かれた花瓶には若葉をつけた楓《かえで》が活《い》けてあり、薫風《くんぷう》が渡ってくるような心地になる。

「文治郎さん、向かい側の座布団に移ってもらえますか。お登勢さんがお見えになったら、そっちの障子を開けますから」

文治郎の後ろを指差す。

「はあ、何ゆえ」

「川向こうの景色を背にすると、女子の姿がぐっと引き立ちますもの」

肩を上下させ、文治郎が場所を移った。

「それはそうと、このあいだ堤先生が顔を出してくだすってな。私が落ち込んでるんじゃないかと、気遣ってくれたらしい」

「ふうん、堤先生が」

「脈を測ったり、舌を診てもらったりした。前から思ってはいたが、まめな方だな」

ほどなく、正午を告げる鐘が聞こえてきた。

「お登勢さんは、少しばかり遅れておいでのようですね。なんだか風が出てきたみたい」

おえんは大川に面した障子を開けてみた。川沿いには汐見亭のような料理茶屋が建ち並んでおり、庭に植わっている木々が青あおと繁《しげ》った枝を揺らしている。

「風がわりあいに吹いていますよ。あら、渡し舟も止まっているわ」

竹町の渡し場では、土手から下りてこようとする人たちを、船頭が身振りで押し返しているのが見える。

ひゅうっと風が巻いて、目にごみが入った。おえんはすかさず障子を閉める。

「障子を開けられないとなると、顔許がいささか暗くなるわね。文治郎さん、すみませんがいま一度、そっちにもどってください」

「なんだ、面倒だな」

ぶつくさいって、文治郎が腰を上げる。

四半刻ほど待っても、お登勢は姿を見せなかった。

「あちらも舟で参るとおっしゃっていたけど、風がひどくて歩きになさったのかしら。もしや、途中で何かあったんじゃ」

「気が変わったんじゃないのか」

そわそわしているおえんの横で、のんびりと唄《うた》うように文治郎がいう。

「見合いをするといったものの、いざお屋敷を出る段になったら、自分の齢を思い出して怖気《おじけ》づいたんだろう。おかげで、こっちは待ちぼうけを食わされている」

「なんてことを……」

「だいたい、お前がどうしてもお登勢さんに会ってくれというから、ここに来たのだぞ。四十五の婆さんを押し付けられるのは真っ平ごめんだと、あれほどいったのに」

「ここまで来て、まだそんな……。お登勢さんは、藩や深井家の名が文治郎さんの心の重荷にならぬようにと気遣ってくださったのですよ。押し付けられるなどというのは了簡違いです。それに、お齢は四十四。女子の齢を間違えるものではありません」

「一つくらい齢が違ったところで、皺《しわ》の数が減るものでもなかろうに」

「ともかく、お婆さんではないことは、ご本人に会えばわかります。落ち着きがあって、気配りが行き届いていて……。あのような方になら、松井屋をお任せできる。そう思ったんです」

「なんだかんだいっても、決めるのは私だ。ああ、お前に頼んだ己れが浅はかだった。」

丈右衛門さんに頭を下げて、若い女子を見つけてもらえばよかったんだ」

「若い女子に、幸吉の母親は務まりません。お登勢さんでしたら、ときに厳しく、ときに優しく、あの子を支えてくださるでしょう」

文治郎が鼻白んだような顔になる。

「お登勢さんと知り合った経緯を聞かされたとき、金一分を受け取ったといっていたな。手付けみたいな金をもらったから、どうでもこの縁談をまとめなくてはならんと、それでそんなに躍起になっているんじゃないのか」

入り口の障子がすっと開いたのは、そのときである。

「文治郎どの、少しは口を慎まれよ」

凛々《りんりん》と響いた声音に思わず目を向けると、端坐《たんざ》したお登勢が廊下に控えていた。

「お、お登勢さん、いまの話……」

おえんを振り向くことなく、お登勢は峻厳《しゅんげん》たる眼で文治郎の顔を見据えている。

気迫に圧《お》され、文治郎はものもいえなくなっていた。

外では風がうなり、木々の枝葉《えだは》がざわざわと鳴っている。

日日是好日

一

お登勢はにじって座敷に入ると、開けた障子に向き直り、ゆっくりと閉めた。いま一度、座敷のほうへ身体《からだ》を向け、立ち上がって前へ進む。文治郎の向かいに置かれた座布団《ざぶとん》のかたわらに膝《ひざ》を折ると、指先を揃《そろ》えて一礼した。

「深井家に仕えております、登勢と申します。約束の刻限に遅れましたこと、お詫《わ》び申し上げます」

折り目正しく、しかし堅苦しさは毛筋ほども感じさせぬ所作だった。引き込まれるように見入っていたおえんは、ふと我に返った。

「お登勢さん、途中で何か差し支えでもおありだったのですか」

お登勢が文治郎の隣にいるおえんへ顔を向け、目許《めもと》を和らげる。

「出掛ける前に、御方さまが心ノ臓の発作を起こされましてね。堤先生からいただいた薬を服《の》んだら、じきに治まりました。早めに屋敷を出るつもりが、そんなことで少しばたばたして……。舟に乗ったときには間に合うと思ったのですけど、風がきつくてなかなか前に進まなくて」

「けっこう強く吹いてますものね。そこの渡し舟が止まったのを見て、お登勢さんが往生なさっているのではと案じていたんですよ」

「私どもが裏の船着き場に着いたことを、先に二階へ知らせてくるとこちらのお店の方がおっしゃったのですが、何をおいてもお待たせしたことを自分で詫びなければと、部屋の前まで案内してもらったのです。そうしたら、怖気《おじけ》づいただの、婆《ばあ》さんだのと聞こえてきて……」

なんということだろう。文治郎との会話のほとんどを、お登勢に聞かれていたのだ。

おえんは頭がくらくらした。

「と、ともかく、座布団をおあてになって」

おえんにうながされ、座布団に膝を移したお登勢が、脱いであった紋付をもぞもぞと羽織っている文治郎に目を向けた。

「文治郎どのがこたびの縁談をどのようにとらえておられるのか、よく飲み込めました。私のほうでも、あまり乗り気ではございませんでしたので、そうがっかりはしておりません。これでも身の程はわきまえておりますし、自分のことはどういわれようと構わないのです。けれど、おえんさんの心遣いをないがしろにする物のおっしゃりようは、断じて聞き流すわけに参りません。おえんさんに、詫びを入れていただけませんか」

お登勢はほっそりしたうりざね顔に薄化粧をして、唇には控えめに紅を差していた。万事、慎《つつ》ましやかな身ごしらえだが、居ずまいには毅然《きぜん》としたうつくしさが漂っている。

「あの、お登勢さん、わたくしのことは気になさらないでください。こちらのほうこそ、失礼なことを申して、あいすみませんでした。とりわけお齢《とし》に関しての無礼な言いぐさには、さぞやお腹立ちでございましょう。ほら、文治郎さんも、頭を下げてください」

おえんは畳に手をつきながら隣へ目をやるが、文治郎は所在なさそうに羽織の紐《ひも》を手先でもてあそんでいる。これでは見合いどころか、はなから話にならない。

お登勢もそう思ったのか、苦々しそうにため息をつく。

「このお見合いが不首尾に終わるだろうことはおおむね察しがつきますので、ざっくばらんに申し上げます。おふたりが離縁なさった経緯は、おえんさんからいただいた文で存じておりますが、おえんさんに何ら非はなく、気の毒のひとことに尽きます。文には、お子さん方についても書かれていました。ご長男の一件もあり、ご次男が成長なさっていくお姿をそばで見守りたかったでしょうに、それも離縁でかなわなくなった。けれども、おえんさんは松井屋の女房という大役を私に託そうとなさったのです。そうした境地に辿《たど》り着くまでに、おえんさんがどれほど思い悩み、迷われたことか、文治郎どのはまるでおわかりになっていない」

「お登勢さん、お気持ちはありがたいのですが、どうかもう、そのくらいで……」

「いいえ、おえんさん。あなたの胸中を察すると、黙ってはいられません。そもそも、別れた女房に後妻の世話を頼むなんて、気遣いに欠けるんじゃないかしら」

文治郎が咳払《せきばら》いをした。

「そんなふうにいわれては、こちらも立場がございませんな。揚げ足を取るようでなんですが、お登勢さんは手前に対して思うところがおありでいながら、見合いにはいらしている。気が進まないのなら、初めからお断りになればよろしかったのではございませんか」

外の風はいっこうに弱まるふうがなく、大川に面した障子がかたかたと音を立てている。部屋も暗くなったようだった。

お登勢がわずかに目を伏せる。

「文治郎どのは、一期《いちご》一会《いちえ》という語をご存じですか」

「は、そのくらいは存じておりますよ。一度きりの出会いを大切にしろと、そんな意味合いでございましょう」

見下されてなるものかというように、文治郎が肩をそびやかす。

「路地へ入るより出《い》ずるまで、一期に一度の会のように、亭主を敬い畏《かしこまる》べし。茶の湯の精神を説いた語のひとつです。こたびのお見合いについては御方さまのお心遣いや、おえんさんから声を掛けていただいたのもありますが、本日の出会いは生涯に二度とないもの。そう心得まして、こちらへ参りました」

「そういえば、茶の湯をたしなんでおられるとか。手前は、まるで門外漢ですがね」

文治郎の冷やかすような口ぶりに、お登勢は背筋をまっすぐに伸ばし、微動だにしない。

「出会いというものは、互いの実意《じつ》がなければ、みのりを成しません。失礼ながら、障子越しに耳にした文治郎どのの言葉から、実意はつゆほども感じられませんでした。味噌《みそ》問屋として手堅い商売をなさっていると、家中の者も一目置いているようにうかがっておりますが、人にはもっと大事なことがあるのではございませんか」

「なっ」

「年齢につきましても、私にとっては取るに足りぬこと。前の夫に嫁いだ折も、御方さまに召し抱えられて出府する折も、一期一会を信条として事にあたって参りました。四十四という年齢を恥じてはおりませんし、ましてや悔いてもおりません」

正面からいい切られ、文治郎が絶句した。

おえんも、どのようにとりなしてよいのか思いつかない。

見合いはあっけない幕切れとなった。

二

五日後、松井屋の仏間には、おえんと文治郎に加え、幸吉の姿もあった。川越の醤《しょう》油《ゆ》問屋に奉公している幸吉は、昨年十二月からひと月ほどを松井屋で過ごしたのち、年明けに川越へもどっていた。

「それで、幸吉はいつまでこっちにいられるの」

「十日ばかりかと。ですが、おっ母《か》さん。こたびは商いで番頭さんのお供についてきているので、うちに泊まれるのは今日だけです。明日からは外神田の宿に移らないと」

「そう……。ゆっくりできるといいのに」

「祖母を亡《な》くした幸吉が仏壇に手を合わせられるようにと、お店が気を遣ってくだすったのだ。ぜいたくなことをいうんじゃない」

おえんは文治郎からたしなめられる。

「それにしても、前に会ったときから半年も経《た》っていないのに、また背が伸びたんじゃないのかえ。ちょいと立ってごらん。おっ母さんと背比べをしておくれ」

「何だ、はしゃいでみっともない。幸吉も、つき合わなくていいぞ」

文治郎が顔をしかめるが、幸吉は気にするふうもなく、ひょいと立ち上がった。おえんも腰を上げる。

「ほら、やっぱりそうだ。このあいだは肩の位置が同じだったのに、いまはお前のほうが高くなってる」

おえんは幸吉の顔を頼もしく見上げた。身体つきも、いちだんと逞《たくま》しくなった。

「あの、おれのことはこのくらいにして、お父《と》っつぁんの話の続きを聞かせてくださいよ。お見合い相手が早々に帰っちまって、頼んであったお膳《ぜん》はどうなったんですか」

苦く笑いながら、幸吉が元に直る。

最前から文治郎と幸吉が話をしているところへ、おえんが訪ねてきたのであった。

「私たちのお膳はその場で腹に収め、お登勢さんのぶんは折り詰めにして、持ち帰ってもらった」

「まことに、ひやひやしましたよ。お登勢さんがお帰りになられたら、にわかに気が抜けてしまって」

文治郎は幸吉に先だっての見合いの模様を語っていたようで、おえんもすんなりと話に合流した。

「じつに鼻持ちならぬ女子《おなご》だった。格式ある家に仕えているからと、人を下に見ているのだ」

文治郎がむっとした顔でいう。

「そんな。お登勢さんは深井さまの家柄を笠《かさ》に着るようなことは、ひと言もおっしゃいませんでしたよ」

「いずれにしても、上からぐっと押さえつける、あんな物言いをする女子には生まれてこのかた会ったことがない」

「そうでしょうか。亡くなった大《おお》お内儀《かみ》さまは、あんなものではすみませんでしたけど」

おえんが首をひねると、文治郎の大きく膨らんだ鼻の穴から、太い息が吐き出された。

「おっ母さんは別として、だ」

幸吉が肩を上下させた。

「おれは、そのお登勢さんて人のいうことにも一理あると思いますよ」

「へっ。お前まで何を」

「一期一会っていう心得も、その通りかと……。人との出会いだけではなく、もっと深い意味もありそうな気がします。お父っつぁん、潔《いさぎよ》く頭を下げればよかったのに」

「ふん、ばからしい。そんな体裁の悪いことができるか」

文治郎が目を剝《む》いたとき、廊下に人の声がした。

「旦那《だんな》さま、恐れ入ります。お約束なさっていた株仲間の月行事《がちぎょうじ》さんが、お見えになっておりまして」

「わかった。すぐに行くから、待っていてもらいなさい」

声を返した文治郎が、おえんに顔をもどした。

「幸吉は夕餉《ゆうげ》をうちで食べるが、おえん……さんは、どうする」

「わたくしは……、あの、遠慮しておきます」

寸の間、ぎくしゃくした空気が漂った。それを察した幸吉が、父親と母親の顔を交互に見やっている。

お常をあの世へ見送り、互いに別の相手との縁談が動き始めたのをしおに、このあたりできちんとけじめをつけようと、おえんと文治郎は話し合ったのだった。

文治郎が廊下へ出ていくと、幸吉が短く息を吐いた。

「お父っつぁんは相変わらずだな。あれじゃ、誰も後添いにはきてくれないよ」

さっきも思ったのだが、幸吉の大人びた口ぶりに、おえんはいささか驚かされていた。

「お前には変わらないように見えるかもしれないけど、大お内儀さまが亡くなって、たいそう気落ちなさったのよ。食欲も湧《わ》かないといっていたし、どんよりした顔をして……。少し前までは、こっちも案じたわ。でも、お見合いでお登勢さんに叱《しか》られて、頭にかっと血がのぼったでしょう。どうも、それで調子がもどってきたみたい」

「たしかに、いくらかお痩《や》せになりましたね。お父っつぁんは、お祖母《ばあ》さまみたいな人にがんがんやり込められるくらいがいいんですよ」

離れて暮らしているせいか、幸吉は冷静に父親を見ていた。

「そういえばお前、暮れにこちらへ帰っていたとき、大お内儀さまとそれとなくお別れをしたのですってね」

「うん、まあ。お祖母さまは自分がそう長くはないと、了簡《りょうけん》していらしたよ。それはそうと」

湿っぽくなるのを避けるように、幸吉が話の向きを変える。

「おっ母さんのお見合いはどうなったんですか。丈右衛門の小父《おじ》さんが世話をしてくれているといっていたでしょう」

「ああ、それは……」

加賀屋の秋之助とのあいだで再縁話が進んでいることを、おえんはところどころかいつまみながら語ったものの、幸吉の顔色をいくぶんうかがうような口調になった。

「幸吉はこういう話を聞きたくなかったんじゃないの。文治郎さんが後添いをもらうことにも、得心がいかなそうだったし」

おずおずと訊《たず》ねると、幸吉がぼんのくぼへ手をやった。

「とにかくびっくりしたんですよ。友松兄さんのことや松井屋の跡を継ぐ話で頭がいっぱいになっているところに、お父っつぁんとおっ母さんの話も合わさって、なんだか気持ちがぐしゃぐしゃになっちまって……」

そうだった。友松の一件にしろ、松井屋の跡継ぎ話にしろ、文治郎やおえんは時をかけて思案してきたが、幸吉にしてみればひとつの事柄を受け止めきれないうちに次の事柄が降りかかってくるような心地がしたのではないだろうか。

川越にもどったのちも、幸吉はひとつひとつの難題に向き合い、自分なりの解を見つけようとしたに違いない。とことん悩んでいらっしゃい、とおえんも幸吉を送り出したとはいえ、成長を深めた当人を前にすると、我が子にどれほどの重荷を背負わせたことかと、今さらながら思わずにいられなかった。

「幸吉……。ごめんなさいね」

「おっ母さん、よしておくれよ。正直にいうと、おっ母さんは松井屋のこともおれのこともどうでもよくなったから再縁する気になったのかと、今日、ここへ参るまでは思ってもいたんです。でも、お父っつぁんの話を聞いて、思い違いをしていたと気がつきました。お父っつぁんは若い女の人を望んでいたけど、おっ母さんはおれの母親が務まる人でなければと、それを何よりも先に置いてくれたそうですね」

「当たり前じゃないの。お前のことをどうでもいいと思うなんて、これまでもこの先も、ただの一度だってありませんよ」

おえんが声に力を込めると、幸吉は照れくさそうな表情になった。

「お登勢さんて、どんな人ですか。つんけんしているとか偉そうだとか、お父っつぁんの言い立てだと、どうも偏《かたよ》っている気がしてならないのですが」

「何もそんな、文治郎さんのいうような方ではないのよ。お登勢さんに初めて会ったとき、その時分はまだどこの誰とも存じていなかったのだけど、物腰がおたねに似ていると感じたの。話してみると、思った通り、穏やかで気遣いの細やかな方でね。茶の湯をなさっているから、立ち居振る舞いにも気品があるし」

「ふうん、おたねか」

幸吉にも、おおよその見当がついたようだ。

「長らく武家に仕えてこられたとはいえ、もとは棚倉城下の乾物屋で育っていらして、商家らしさも持ち合わせておいでなの。おとなしいきりの方ではないけれど、松井屋ではおたねが藤木屋さんに嫁いだし、大お内儀さまも他界されましたからね。お登勢さんのようにしっかりした方が後妻に入ってくだされば、奥向きも安泰だと思うのよ。棚倉城下に足掛かりを築ければ、商いも大きくできるでしょうし」

幸吉がわずかに思案する。

「お登勢さんは武家の作法と商家のしきたり、いずれもわきまえておられるのですね。たしか、松井屋は友松兄さんのことがあるまでは、御大名や大身の御旗本とのおつき合いはなかったものと……。お登勢さんだったら、お武家さまとやりとりする上で気をつけることなども、ご存じなんじゃありませんか」

「そうね、お前のいう通りだわ」

「要するに、お父っつぁんにはもったいないような人ってわけだ。で、向こうからお見合いの返事はあったんですか」

またもや大人びた言葉つきに、おえんはどぎまぎする。我が子ながら、いったい誰に似たのだろう。

「お見合いをした翌日に、お登勢さんが芽吹長屋を訪ねてくだすってね。御方さまに勧められた手前、きちんとした返事はいま少し先になるだろうけど、でも、どうしても前向きに考えることができそうにないって……。お見合いがあれでは、無理もないわ。わたくしがどうにかできるといいのだけど、こんどばかりはちょっとお手上げ」

おどけるように、両手を肩の上で広げてみせた。お登勢との縁談がまとまらないとなると、文治郎の後妻探しは振り出しにもどる見当になるが、いまは先々のことまで頭がまわらない。

台所で夕餉の支度が始まらないうちに、おえんは松井屋を辞去した。

空には灰色の雲が一面に広がり、往来を行き交う人たちの顔もどことなく精彩を欠いて見える。幸吉には、またいつ会えるかわからない。やっぱり夕餉を食べていくといえばよかったかと、後悔に似た気持ちがちらりとかすめた。

だが、お常が生きていたときならともかく、松井屋にはもう、己れの居どころはないのだ。

我知らず止まりかけていた足の運びを速める。

その夜からは、雨になった。

三

しばらくのあいだ、ぐずぐずした空合いが続いた。

六月半ば、おえんは神田三島町にある秋之助の店へ出向いた。三月に初めて商いを手伝ってからこっち、十日に一度の割で通っており、こたびでかれこれ十回めになる。

「おはようございます。本日もよろしくお頼み申します」

屋根に出された看板に「加賀屋」と墨書きされた店へ入っていくと、店座敷にいる秋之助と小僧からも同じように声が返ってきた。いまだに人手のやりくりが追いつかず、番頭と手代は京橋の本店とこちらを行ったり来たりしていた。

店土間に置かれた台の上には袋物や手拭《てぬぐ》いなどが並べられており、おえんの持ち場となっている。壁際《かべぎわ》の棚にある反物をととのえていた小僧が、おえんに近寄ってきた。

「おえんさんがこのあいだ試しにいくつかこしらえてくだすった詰め合わせですが、この十日のあいだに八袋も売れましたよ」

「へえ。けっこう手に取っていただけたのですね」

おえんは内職の針仕事をした折に、瓢簞《ひょうたん》や花をかたどった継当《つぎあ》てをして、注文主のあいだで評判になったことがある。そうしたわけで、店で出た反物の端切《はぎ》れを使って当て布をつくり、形は同じで色や柄の異なるものを数枚ずつ、ひとつの袋に詰め合わせてみたのだった。

「梅の花をかたどったものに、人気があるようです。四袋こしらえていただいたのが、ぜんぶなくなったので……。そのほかは、瓢簞と千鳥の詰め合わせがふた袋ずつ」

「そう。でしたら今日は、梅の花をいくぶん多めにつくりますよ。蔵にある端切れを持ってきてもらえますか」

「はい」

小僧はうなずくと、帳場格子《ごうし》の内にいる秋之助に断りを入れ、奥へ引っ込んだ。入れ替わるようにして、秋之助が框《かまち》へ出てくる。

「おえんさんがいない日は、小僧が小物類のお客さまを受け持っていますからね。品が売れるのが、面白くて仕方ないようです」

「お子さんの繕い物にあの当て布を使われるお客さまがほとんどでしょうけど、少しでも可愛《かわい》らしいものをと望まれる方がいらっしゃるんじゃないかと思って、詰め合わせにしたんです。自分でこしらえようとすると、思いのほか手間がかかりましてね」

己れの目算が当たり、おえんはいくぶん舞い上がっていた。だが、秋之助のとらえ方は違ったようだ。

「おえんさんにはいいにくいが、端切れがどれほど売れたところで、まるで儲《もう》けにはなりません。ここに店を出して三月《みつき》半。開店当初の賑《にぎ》わいが一段落して、これからは末永くつき合っていただけるお得意さまを摑《つか》んでいかなくては……。何かよい策はないかと思案しているのですが、なかなかこれといったものを思いつかなくてね。加賀屋ともあろうものが、当て布の詰め合わせを呼び物にするわけにもいかないし」

ちょっとばかり水を差されたような心持ちにおえんがなったとき、店に客が入ってきた。

「おいでなさいまし。あら」

前に応対したことのある女であった。頭を低くしたおえんのほうへ、女はまっすぐに進んでくる。

「先だっての巾着袋《きんちゃくぶくろ》、まだございますかしら」

「ええと、お孫さんへの贈り物でございましたね。品の有る無しをたしかめますので、少々お待ちいただけますか」

おえんは台の上に並んでいる品の中から、柿色の緞子地《どんすじ》で仕立てられた巾着袋を手に取った。袋の口には、珊瑚《さんご》色の紐が通してある。

「そう、そちらです。前にうかがったときから間があいたので、売れてしまったのではないかと気掛かりでしたが……」

商家の隠居らしき風体をした女は、よかったというふうに襟許を手で押さえた。

「あなたが見立ててくれた通り、丁子《ちょうじ》色の紐を組み合わせていただくことにしました。孫娘とその親の折り合いが、なかなかつかなかったものですから……。こちらのお店のご主人が申されたように、親のほうは珊瑚色の紐にさせたかったようですが、孫娘がうんといいませんでね。ですが、巾着袋を持つ当人の気に入ったものがよかろうと、おしまいにはそういうことで落着しまして」

おえんとその隣にいる秋之助へ、等分に目をやりながら女が話す。

「見本にない色は別誂《べつあつら》えになるとうかがいましたが、孫娘はそれでも待つと申しております」

「あ、そのことでしたら……」

おえんは立ち上がって壁際へ行き、紐の見本が入っている引き出しを携えてきた。

「あのあと、注文して誂えたんです。見本の色味を増やそうと存じましてね。こちらは新品同様でございますので、よろしければこのままご用意いたします。紐を付け替えるのに幾日かいただきますが」

丁子色の紐を取り出して見せられると、女はにっこりした。

「ええ、そうしてくださいな。あの子の喜ぶ顔が見えるようです」

女が帰ったあと、おえんは客の応対にあたりつつ、合間をみて当て布づくりに精を出した。

暮れ六ツの鐘が聞こえてくると、台の上の小物類をきれいにととのえ、秋之助のところへ行って畳に手をつかえた。

「秋之助さん、本日もお世話になりました」

秋之助は帳場格子の内で考え事をしていたが、おえんの声で顔を上げた。

「おえんさん、ご苦労さまでした。後片づけは小僧にさせますから、下がってもらっていいですよ」

「はい。あの、お得意さまを増やす策を思案してみたのですが……。五日間ほどの区切りを設けて、半襟を二枚お買い上げいただいた方に、一枚おまけをつけて差し上げてはいかがでしょう」

「な、半襟……？」

「半襟はたびたび取り替えるものですし、幾枚あっても困りはしません。お客さまの懐《ふところ》も助かるでしょうし、加賀屋を贔屓《ひいき》にしてくださるのではと」

「ふむ、そういうことですか。しかしながら」

机に置かれた算盤《そろばん》が、ぱちぱちと音を立てる。

「いかに見積もっても、手前どもに益はなさそうですね」

「それはそうですが、加賀屋で買い物をすると何かしらよいことがあるとお客さまに思っていただければ、いっときは損をしても、長い目で見るとお店にとって得になるのではないでしょうか。げんに、そういう売り出しをしているお店を存じておりましてね」

秋之助は腕組みをし、低く唸《うな》った。

「少しばかり、考えさせてもらえませんか」

「むろんです。では、また十日後に参りますね」

「いえ、次はおいでにならなくてよろしいでしょう」

心なしか、秋之助の声がこわばったようだった。

「あの、何ゆえ」

「先ほど本店から遣いが参りましてね。人手の工面がつき、明日からは番頭と手代がこちらに詰めきる運びとなりました。おえんさんに手伝いを頼みたいときは、また声を掛けさせていただきますよ」

「そうですか……」

はて、そんな遣いが来ていただろうか。おえんはいぶかりながら帰途に就いた。

丈右衛門があたふたした様子で長屋を訪ねてきたのは、二日後の夕刻である。部屋に上がると、いきなり話を切り出した。

「ひ、昼すぎに、あ、秋之助さんが手前のところへお見えになりましてな。お嬢さんとの縁談を、は、は、白紙にもどしてもらえないかと、そうおっしゃいまして」

「えっ。どういうこと」

おえんは耳を疑った。

「そ、それを訊きたいのは、て、手前のほうでございますよ」

大きな身体でわき目も振らず駆けてきたらしく、丈右衛門は息を切らしていた。額におびただしい汗をかいている。

「何がなんだか、いっていることが飲み込めないわ。順を追って話しておくれ」

困惑しつつも、おえんは長火鉢の鉄瓶に沸いている湯で茶を淹《い》れる。

丈右衛門が額の汗を手拭いで押さえ、茶をひと口飲むと、荒く波打っていた肩がいくぶん平らかになった。

「その、お見合いでは、お嬢さんをほがらかで温和な方とお見受けし、おつき合いを申し込んだものの、幾度かお店へ手伝いにきてもらって、何となく思っていたのと違うような気がしたのだそうで……。いま少し仔細《しさい》に聞かせてほしいと申し上げたのですが、はっきりとここが気に入らないとは、お話しにならないのです。手前に気を遣っておられるのかもしれませんが……」

おえんは一昨日《おとつい》の帰りぎわに感じた違和を思い出した。秋之助に対して、己れは粗相になるようなことをしただろうか。

「ふた月ばかり前でしたか、秋之助さんはお嬢さんの客あしらいをたいそう褒めておいででした。大人どうしのおつき合いですし、事がうまく運んでいるのなら手前ごときがわざわざ出ていくこともないと、ご当人たちにお任せしていたのです。それが、よもや」

「わたくしには、何も思い当たらないのですよ。商いを手伝っていて、いい争いになったり、咎《とが》められたりしたこともないし」

「ともあれ、手前がお嬢さんからも話を聞き取り、こちらに至らぬ点があったのであればお詫びに上がる。それゆえ縁談を白紙にもどすのは思いとどまってくださいと、秋之助さんには申し上げてあります。秋之助さんがお帰りになったあと、取るものもとりあえずこうしてこちらへ」

丈右衛門はそういって、額にふたたび滲《にじ》んできた汗を拭う。

「おうかがいしますが、お店ではどのようなお手伝いをなさっていたのですか」

「どのようなって……。そうねえ」

おえんは商家の女隠居が孫娘に買ってやりたいという巾着袋を見立てた経緯や、端切れで当て布の詰め合わせをこしらえたこと、店の得意客を摑むために知恵を絞ったことなどを、委細洩《も》らさず語った。

話が進むにつれ、丈右衛門の顔に驚愕《きょうがく》の色が広がっていく。

「そんなことをなさっていたとは……。これで訳合いが読めました。お嬢さんの振舞いは、秋之助さんの目に余るものだったのでございますよ。お手伝いにうかがったのですから、いわれた通りに動いていればよかったのです」

おえんにはいささか心外だった。

「秋之助さんは、お見合いの折はわたくしの着こなしに目を留めてくだすったし、三島町のお店開きにうかがった折は、女子の好みに合わせた品を揃えたいからおえんさんの声も聞かせてほしいとおっしゃった。丈右衛門も隣で聞いていたじゃないの。そんなふうにいわれたら、少しでもお役に立ちたいと思うのが人情でしょう」

「おっしゃりたいことはわかりますが、身の程もわきまえていただきませんと……。何がなんでも指図に従えと申しているのではございません。得意客を掴むための案を秋之助さんが出されたら、その意に沿うかたちでお嬢さんも知恵を絞ればよいのでございます」

「とはいえ、巾着袋のお客さまは、わたくしの見立てを気に入ってくださいましたよ」

「それはそれ、手前が申し上げているのとは別の話です」

丈右衛門が悩ましそうに天井を見上げ、深々とため息をつく。

「手前も、今年で六十六になりました。先ごろお常さまが亡くなられて、手前にもそろそろお迎えがくる頃合いなのだと、身に沁《し》みて思いました。あちらへ参りましたら、丸屋の先代の旦那さまに、お嬢さんはこの世でつつがなく暮らしておられると、胸を張って申し上げとうございます」

しんみりした口調に、おえんは少々たじろぐ。

「丈右衛門にお迎えがくるのは、ずっと先ですよ。大お内儀さまとはひと回りも齢が違うんですもの」

「それがそうとも申せません。半年ばかり前に風邪を引いた折、これまでにないほど辛《つろ》うございましてな。身体じゅうの節々が痛くなり、頭も割れるようで、はなはだ難儀いたしました。自分では若いつもりでおりましたが、身体には間違いなくがたがきているのでございます」

そこまでいって、丈右衛門が居住まいを正す。

「秋之助さんは、申し分のない方です。お嬢さん、どうか了簡なさって、振る舞いを改めていただけませんか」

「でも、それだとわたくしはいてもいなくても同じじゃないの」

「これだけ事を分けて申し上げても、まだおわかりにならないのですかっ」

障子紙がびりびり震えるほどの大音声《だいおんじょう》が、部屋に響き渡った。丈右衛門の表情が険しくなっている。

「え、丈……」

にわかに声を大きくした丈右衛門に、おえんは戸惑った。

「松井屋にいらした時分は心得ておられたのに、いつからそうわきまえのない女子になられたのですか。昔は出来ていたことが、いまは何ゆえ……。もう、よろしゅうございます。手前がお力になれるのはここまで。あとはお嬢さんの勝手になさってください」

丈右衛門が立ち上がる。口許がゆがみ、顔は真っ赤になっていた。

「ちょ、待っ……」

おえんも慌《あわ》てて腰を上げた。丈右衛門は土間に下り、腰高障子に手を掛けている。

と、戸口を出ようとした足が止まった。

どうしたのかと、おえんが巨体の脇《わき》から路地をのぞくと、家の前におさきが立ってこちらを見ている。

「おえんさんのとこで大きな声がするから、何事かと……」

丈右衛門がくるりと身体の向きを変え、おえんに向き直った。

「いま一度、申し上げます。お嬢さんにとってこんなによい縁談は、二度とございませんよ。ひとりになって、とくと思案なさってください」

路地へ出た丈右衛門は、おさきにはわずかに腰をかがめただけで去っていった。

「あの番頭さんが、あんなおっかない顔して……。何があったんだい」

木戸口を茫然《ぼうぜん》として見やったおさきが、いぶかしそうにおえんを振り向く。

「いえ、何でもないんです……。うるさくしてすみません」

おえんは頭を下げ、腰高障子をそっと閉めた。

四

おえんが松井屋に足を向けたのは、およそひと月後の七月半ばであった。

台所にいる女中に声を掛けて奥へ通してもらい、仏壇に手を合わせていると、部屋に文治郎が入ってきた。

「しばらく顔を見てなかったな。前に会ったのは幸吉が川越からもどったときだから……」

ふた月ぶりか、と指を折りながら数えている。

「大お内儀さまの月命日にはおうかがいしようと思っているのですが、先月はあいにくほかの用と重なりまして」

秋之助のことでばたばたしていたとはいえなかった。

足が遠のいていたのには、もうひとつ事由《わけ》がある。文治郎とお登勢の見合いが不調に終わり、今後のことを考えあぐねていた。

お登勢は見合いをした半月後、深井家から暇《ひま》を取って町家に移り住んだ。本所にある小体《こてい》な屋敷で、おえんも一度、引っ越したばかりのお登勢を訪ねたが、もとは武家の隠居所だったそうで、邸内には茶室も設けられていた。ここに茶の稽古所《けいこじょ》を開くつもりだと、お登勢はいった。縁談を正式には断られていないものの、それがお登勢の意向なのだとおえんは察したのだった。

「おっ母さんに死なれたときは、この世のものからぜんぶ色がなくなって、このまま生きていても意味がないような気がした。何をしていても、ただ虚《むな》しくて……。しかし、堤先生も話しておられたが、少しずつ受け入れられるようになるものなのだな。近ごろは、なんとなく気持ちが入れ替わってきたと感じている。日に三度の食事も、美味《おい》しくいただいているし」

「そうですか……。いわれてみると、頰の肉づきがよくなったみたいですね」

いっときはおえんも案じたが、どうやら文治郎はどん底から抜け出しつつあるようだ。

西に傾き始めたお天道様《てんとう》の陽が、縁側に射《さ》しかけていた。

「ちょっと眩《まぶ》しいですね。簾《すだれ》を下ろしましょうか」

立ち上がって窓辺にいき、簾を半分ほど下ろしたおえんは、部屋を振り返って長火鉢の脇へ置かれた盆に目を留めた。

「あら、その黒い……。ずいぶんと値が張りそうな茶碗《ちゃわん》だこと」

「ほう、わかるか」

文治郎が腰を上げ、場所を移ってきた。

「それは黒楽茶碗でな、萩焼《はぎやき》や唐津焼の茶碗もあるぞ。それから、古瀬戸の茶入《ちゃいれ》。こっちは黒塗りの中棗《ちゅうなつめ》だ、じつに見事な蒔絵《まきえ》だろう。この竹筒に入っているのは茶杓《ちゃしゃく》で、そっちの建水《けんすい》は……」

黒い茶碗に被《かぶ》せられていた布がめくられると、見るからに高価そうな品々が現れた。

「これ、どうなさったんですか。骨董《こっとう》のたぐいには、昔からさほど関心を持っておられなかったのでは」

「蒐《あつ》めて眺めるのではなく、私が使うのだ。ちょっと、その、茶の湯を習い始めたのでな。それなりの道具でなくては稽古に身が入らぬし、日本橋の茶道具屋を呼んで一式そろえたのだ。どうだ、一流の道具はものが違うだろう」

「茶の湯を……。またどうして」

「幸吉に、進言されたとでもいうのかな。大名家の御用達《ごようたし》を賜ったのだったら、茶の湯の作法くらいは身に付けておくべきなのではないかと……。まあ、それももっともだと思ってな」

おえんの頭に、先だって幸吉と交わした会話が浮かんだ。

「おおよそは飲み込めましたけど、どなたに入門なさったのですか」

「む、それは……。その、あれだ」

文治郎が急に口ごもったのを見て、おえんは眉《まゆ》をひそめた。

「この界隈《かいわい》で茶の湯を指南しているところというと、永代町と黒江町に師匠がおられますが、いずれも嫁入り前の娘さんたちを集めて礼儀作法を仕込むことに重きを置いていると、人から聞いています。あの、そうまでして若い女子とお近づきになりたいのですか」

「ばっ、ちがっ」

文治郎が両手を胸の前に突き出し、左右に振る。その手を膝に下ろすと、しばらくのあいだ握ったり広げたりを繰り返していたが、やがてもじもじと口を開いた。

「お登勢さんに、弟子入りした。茶の湯を習いたいと思い立ったものの、このあたりには私が通えるような稽古所がない。株仲間の存じ寄りに伝手《つて》を頼むのも、なんとなく侮《あなど》られそうで気が進まぬ。そうしたわけで、木挽町のお屋敷へ上がった折、お登勢さんに取り次いでいただけないかと申し入れたのだ」

思いがけない成り行きに、おえんは啞然《あぜん》とした。

「お登勢さんはすでにお屋敷を出て、本所に稽古所を開いていらしてな。いまはそこに通っていて、ちょうどひと月になったくらいだ」

ということは、おえんがお登勢のもとを訪ねたあとに、文治郎が弟子入りした見当になる。

「へえ……。あんな無礼を働いたのに、よく入門させてもらえましたね」

「見合いでの振る舞いはさておき、わずかでも興を覚えて稽古所の門を叩《たた》いた者を拒むのは茶の湯の精神に反すると、快く弟子入りを許してくださった」

「さようで……。でも、それでしたら、わたくしに申しつけてくだされればよかったのに。そのほうが話も早かったでしょうし」

「いくらなんでも、格好がつかんじゃないか。別れた女房に後妻の世話を頼むなどもってのほかと、見合いのときにばっさりやられたからな」

文治郎が顔をしかめる。

庭では蟬《せみ》が鳴きしきっていた。

「おえんさんとはこういう経緯で知り合ったのだと、改めてお登勢さんが話してくれた。武家屋敷に仕えていると、毎日、決まった人と顔を合わせ、あらかじめ組まれている仕事をこなすきりだが、おえんさんに出会ったことでお俊さんとつながり、良くも悪くも、私ともつながった。縁が縁を呼び、目の前の景色がどんどん開けていって、生きているとこんなこともあるのかと、深く感じ入っているそうだ。仲人《なこうど》などというと、私は釣り合いの取れた男女を引き合わせる稼業《かぎょう》とばかり心得ていたが、お前さんの縁結びはそれだけじゃないのだな」

「文治郎さん……」

「ああいう話を聞けば、お登勢さんがお前さんに金一分の謝礼を渡したくなったのもうなずける。縁談の手付けとしてもらったなどと、心得違いなことをいってすまなかった」

この人が、こんなことをいうなんて。文治郎の言葉を、おえんは何ともいえない心持ちで聞いた。

簾がかすかに揺れ、縁側から風が入ってくる。

「あら、その掛け軸も、前はなかったような……。書ですか。なんだか難しそうな字が並んでいますね」

おえんが床の間に視線を移すと、文治郎も顔をめぐらせた。

「日日是好日《にちにちこれこうじつ》。もとは禅の語でな。お登勢さんにおしえてもらって、書家の先生に揮《き》毫《ごう》していただいたのだ」

「どういう意味ですか」

文治郎が腕組みをし、思案顔になる。

「毎日が安らかで息災な好《よ》き日となるように、今日の一日を大切に生きよ。とまあ、そういう心構えが説かれているといえばいいかな。お登勢さんは、いま少し本式に解説してくだすったが」

「ふうん、にちにちこれこうじつ……」

おえんが書を眺めていると、文治郎が茶道具の載っている盆を手前に引き寄せた。

「おえんさんに、一服点《た》てて差し上げようか」

「そうね、せっかくですし、いただきましょうか。でも、まるで作法がわからなくて」

「気にすることはない。こっちだって、ここは茶室ではないし、薄茶を点てるだけのことだ。茶の湯とは、ただ湯を沸かし茶を点てて、飲むばかりなる事と知るべし。利休道歌にもそうある」

とはいったものの、文治郎は習い覚えたばかりの手順を一から踏みたいらしく、おもむろに懐から帛紗《ふくさ》を取り出してさばきだした。三角形に折られた帛紗を持ち替えたり握り込んだりと、物珍しさも手伝って、おえんもしげしげと見入る。

「あれ？　こうだったかな。いや、違うな。ええと、どうだったか……」

だが、いくらもしないうちに、手の動きが覚束《おぼつか》なくなった。

「あの、あまり型にこだわらなくても」

「ふむ、そうだな。相手に気を配り、美味しく茶を飲んでもらう。その、もてなしの心が肝要なのだものな」

文治郎は自分にいい聞かせるように口にすると、帛紗を懐にもどし、茶を点て始めた。茶筅《ちゃせん》を扱う手つきは、なかなかさまになっている。

「どうぞ」

おえんの前に茶碗が置かれた。どっしりした黒とあざやかな若草色の対比が麗《うるわ》しい。

「頂戴《ちょうだい》いたします」

そのまま口をつけて構わないと文治郎にいわれ、その通りにする。茶を飲みきると、おえんはふうっと息をついた。

「美味しい……。気持ちまでほぐれるみたい」

「お登勢さんのお点前《てまえ》で初めて一服頂戴したとき、私もそう感じた。心が和やかになり、己れを静かに見つめるひとときを持てたんだ。おっ母さんの死を受け入れられるようになったのは、そのおかげもあるかもしれない」

文治郎が仏壇のほうへ顔を向け、しばらく眺めたのち、背筋を伸ばした。

「おえんさん、長いあいだおっ母さんを支えてくれて、ありがとう」

「……」

「すまない」も「ありがとう」も、おえんにすんなりとは口にしたためしのない男である。文治郎はお登勢にめぐりあって、これまでとは異なる景色を目にし始めているようだ。

舌の上に残る茶の味が、ほろ苦く甘く、遠ざかっていった。

五

丈右衛門は秋之助に対するおえんの振る舞いを叱り咎めて以来、一度も顔を見せなかった。いままではちょっとしたいい合いになったり、おえんが丈右衛門の気に障《さわ》るようなことを口にしたとしても、しばらく経てば何事もなかったように長屋を訪ねてきていた。なのに、ひと月余りも音沙汰《おとさた》がないところをみると、よほど腹に据えかねているに相違ない。

秋之助からも縁談について何かをいってくることはなく、ただ、店を手伝ったおえんの給金を小僧に持たせてよこした。小僧は、「おえんさんともっと一緒に働きたかったです」と、給金を渡してとぼとぼと帰っていった。

己れに落ち度があったのなら、もちろん頭を下げて行いを改めなくてはいけないけれど、わたくしはそんなにまずいことをしたのだろうか。

そうした思いが抜けず、こちらから丈右衛門を訪ねもしないまま、時だけが過ぎていた。秋之助からの給金と、長屋の住人たちを通じて引き受けた針仕事の内職で、日々のやりくりはどうにか間に合っている。

おえんが頼まれた繕い物を広げ、針を運んでいると、表口で女の声がした。

「おえんさん、いるかい」

おさきである。

「どうぞ、構いませんから入ってください。手が離せなくて」

腰高障子を引いて土間に入ってくると、おさきは上がり框に尻《しり》を載せた。どこか遠慮がちに見える。

「こんなことというとお節介かもしれないけど……。おえんさんとこの番頭さん、このごろちっとも見掛けないね。先に大きな声を出していて、あたしゃびっくりしたよ。あれからだろ、ここに来てないの」

「ああ、あのときはおさきさんがそこに……」

「番頭さんの話しているのが、ちょっとだけ聞こえちまったんだ。おえんさんの縁談がどうとかこうとか……。おえんさんが何でもないといったから、いままで遠慮していたけど、年明けにお見合いしたのをあたしも知ってるし、どうにも気に掛かってね。余計な口出しをしちゃいけないとは思うものの、よかったら、話を聞かせてもらえないかい」

おえんはわずかに逡巡したが、おさきだったらどんなふうに受け止めるかを、聞いてみたい気がした。

「じゃあ、お茶を淹れますね」

手にしている針を針山にもどそうとしたとき、台所の竈《かまど》の上に切られた窓の外を、人影が横切った。

「あっ。辰平、ちょいと」

いったん通りすぎた人影が、おさきに呼び止められて窓に顔をのぞかせる。

「お前、ずいぶんと早いんだね。仕事は終わったのかい」

「ああ。たまにはこういう日もある」

「あのさ、おえんさんの縁談のこと、これから話してもらうんだ。お前も聞いていくかい。おえんさんがお見合いしたと知って、やきもきしていただろう」

窓から顔が消えたと思ったら、腰高障子が開いて辰平が飛び込んできた。

「姉さん、声が高《たけ》え。おえんさんが迷惑するじゃねえか。それに、おえんさんは姉さんに話をしてるんだ。おれには聞かれたくねえことだってあるだろうに」

「男のお前なら、番頭さんの肚《はら》の中を読めるかもしれないし」

「へ。なんで番頭さんの話が出てくるんだ」

「ねえ、おえんさん。辰平がいてもいいよね？」

いささかためらう気持ちはあるものの、おさきがいうことにも得心がいくので、おえんは辰平のぶんも茶を淹れる。

辰平は顔に当惑をにじませながらも、おさきの横に腰掛けた。

「ええと、何から話せばよいか……。順序として、まずは秋之助さんとのことを申し上げるのがよさそうですね」

おえんは、見合いをしてからこっち、秋之助のお店を手伝った一連の経緯を、丈右衛門に話したのと同じく事細かに語った。

「というわけで、もう手伝いにこなくていいと、秋之助さんにいい渡されたんです。それを知った丈右衛門は、おかんむりで……。何をしくじったのか、いくら思案してもさっぱりですよ。わたくしはただ、お店の役に立つように動いただけなのに」

「おえんさんは悪くないっ」

　おさきの声が飛んだ。

「好みに合わせて巾着袋の紐を取り替えてもらえるのは、お客もきっと嬉《うれ》しいだろうし、端切れでこしらえた当て布なんて、あたしだって買いに行きたいよ。半襟二枚につき一枚のおまけをつけてもらえたら、そのお店を贔屓にすること請け合いだ。秋之助さんも番頭さんも、何が気にくわないんだろうね」

「おさきさんも、そう思われますか。いくらかでもお力になりたかったんですが、出しゃばって見えたのかしら。女子はおとなしく男のいう通りにしていろ、ということでしょうか」

「もしそうだったら、女子を見くびってる。とくに呉服や小間物を商うお店は、お客の半分が女子なんだし。だいたい、男ってのは女がいなきゃ何にもできないんだ。うちの亭主なんかおまんまはろくに炊《た》けないし、味噌汁をこしらえたってしょっぱかったり薄すぎたりで……」

息巻いていたおさきが、辰平に目をやった。

「お前も、まるで道理に合わない話だと思うだろ。おえんさんの思いついた策のおかげでお客に喜んでもらえたってのに、手伝いにこなくていいだなんて、了簡違いをしてるのは秋之助さんのほうじゃないか」

「……」

「何で黙ってるんだい。むすっとして……。まさかお前、秋之助さんの肩を持つ気じゃないだろうね」

片方の眉が上がったおさきに、辰平は弱ったような顔をした。

「肩を持つわけじゃねえけど、秋之助って人の気持ちも察しがつく気がして……」

「辰平さん、それはどういうことですか」

おえんは辰平に膝を向ける。

「その、秋之助さんは、自分のお店を構えて三月《みつき》か四月《よつき》そこらなんだろ。ってことは、商いがまずまず順調にまわるところまで持っていくために、そうとう意気込んでるはずだ。本人なりに前々から筋書きも練っていたに違いねえ。それで頭がいっぱいになっていて、巾着袋の紐にしろ当て布にしろ、おえんさんにどういう思案があってそうしているのか、思いやる余裕がないんじゃねえかな。たとえおえんさんがそれを明かしたとしても、耳に入らねえだろうし」

そういう見方もあるのかと、おえんは考え込んだ。

「お前は、どうしてそんなふうに思ったんだい」

おさきが首をかしげる。

しばらくのあいだ、辰平は思案をめぐらせていた。

「それは、なんていうか、秋之助さんに昔のてめえが重なったんだ。いい、おたかに対して、おれもそうだったから……」

「おたかさんに……。あの、おえんさん、おたかさんってのは辰平の、地震で亡くなったおかみさんで」

声を低くしたおさきに、おえんは小さくうなずき返す。

「おれはその時分、持ち場を広げようとしゃかりきになって働いてた。子供も生まれたし、稼ぎを増やしたくてね。だが、ふだんのおたかが何をどんなふうに思っているかなんてことは、欠片《かけら》ほども気にしちゃいなかった。そもそも、女房とはいえ他人の気持ちなんてものはわかりっこねえし、あんまり深く考えたことがなかったんだ」

話を聞きながら、おえんはいままで知らなかった辰平の一面に触れたような気がしていた。それにしても、と思う。

「でも、辰平さんは、貸本屋の仕事ではお客の好みに応じて本を見繕って差し上げているじゃありませんか。その人の気持ちにならないと、ぴたりと合う一冊は選べないのではないかと……。じつは先だって、太吉さんて方に会ったんです。いまは松井屋に出入りされていて」

「太吉……、ああ、あいつが」

辰平の目がわずかに見開く。

「お客の話に耳を傾け、気持ちを読み、好みに合った本を見繕う。おれも、仕事のやり方を仕込んでくれた兄貴分に、そうおそわった。いま思えば、お客の前ではおしえられた通りにやっていただけだったんだ」

「ふうん、そんなものかねえ」

手のひらで包んだ湯呑《ゆの》みに目を落とし、おさきがつぶやく。

「まあ、秋之助さんの胸の内は、おおかたそんなところじゃねえかな。番頭さんのほうは、また違うだろうが」

「おっ母さん」

竈の上の窓から声が掛かった。見ると、留吉が中をのぞき込んでいる。

おさきが顔をしかめた。

「お前、人さまの家をそんなところから……」

「腹が減った。何か食うものねえかな」

「夕餉までお待ち。それより、こんな時分に何だってそこにいるんだい」

留吉は、父親——つまりおさきの亭主、鉄造《てつぞう》の下で左官の見習いをしている。

「ひと雨きそうだから早仕舞いするぞって、お父っつぁんが」

「で、お父っつぁんは」

「どこかで一杯引っ掛けてくるって。なあ、腹が減って死にそうだ」

「まったく、男ってのは……。おえんさん、すぐにもどってくるから、話を続けていておくれ」

ため息をつき、おさきが腰を上げた。

「おれも、出直してこようかな」

戸口を出ていったおさきを見て、辰平がそわそわと立ち上がる。

「待ってください。丈右衛門の胸の内も、辰平さんには推量できますか」

「番頭さんの胸の内は……、推量するっていうより、聞いて知ってる」

浮きかけた尻が、框に直った。

「いつだったか、おえんさんに縁結びの手助けを頼まれたことがあっただろ。妙な成り行きで、番頭さんと船宿の一室に上がり込んで……。あれには、ほとほと参った。どうにも間が持たなくて往生していたら、番頭さんがおえんさんの話をしてくれたんだ」

「あ……。津野屋のお布由さんの」

お布由にもたらされた縁談の善し悪《あ》しを吟味するために、相手の男の身辺を丈右衛門と辰平に探ってもらったことがあった。

「子供時分のおえんさんは、たいしたお転婆《てんば》だったんだな。家の庭に植わっている楓《かえで》の木に登ったはいいが、高いところまで行き過ぎてひとりでは下りてこられなくなったり、伏せたどんぶりに蛙《かえる》を隠しておいて女中さんを驚かせたり。その頃から、番頭さんはずっとはらはらし通しなんだそうだ」

「ま、丈右衛門ったら、そんなことを」

恥ずかしさのあまり、顔がぼっと熱くなる。

「おえんさんが松井屋さんから離縁された折は、悔しくて悔しくて、肝が焼けるようだったと……。長屋住まいを始めた当初は気が揉《も》めたが、この頃はどうにか身過ぎ世過ぎができるようになって、胸を撫《な》で下ろしている。そうはいっても、ちょっと気を抜くとこんなことになってしまうので油断がならないと、苦笑いしてらしたよ」

そのときのことを思い出したように、辰平の口許が弛《ゆる》む。

己れも憶《おぼ》えていないような時分から、おえんはずっと丈右衛門に見守られてきたのだった。それが当たり前のようになっていたが、たんに律儀《りちぎ》のひと言では片づけることのできない情を注いでもらっていたのだ。日ごろから丈右衛門には感謝しているとはいえ、なお万感の思いが込み上げてきて、おえんは胸がいっぱいになった。

「まったくもって、番頭さんはおえんさんひと筋なんだよな。あの人を大切にしねえと、罰が当たるよ。そんなこと、おれにいわれなくともわきまえてるだろうが……、や、あの、おえんさん」

だしぬけに両手で顔を覆《おお》ったおえんを目にして、辰平が声をうろたえさせた。

「お、おれ、なんか泣かせるようなこと……。あ、わわ。番頭さんと船宿に上がったことなんか、ちっとも迷惑しちゃいねえよ。むしろ、ちょいと面白《おもしれ》えと思ったくらいで」

「ちが……、そうじゃなくて……」

「ええと、その、そりゃさ、ここにおえんさんが越してきて縁結びを始めたときは、一風変わった人だと思ったよ。人さまのためにあっちこっちを幾度も行き来して、あでもないこうでもないと案を練って……。だが、あるとき思ったんだ。おえんさんのしていることは、貸本屋にも通じるものがあるんじゃねえかって。それで初めて、おれはてめえの仕事の根っこを摑むことができた。それから、生きてた頃の女房にちゃんと向き合えていただろうかと、おたかに対してすまねえ気持ちにもなった」

顔を手で覆ったまま、おえんは耳を傾ける。

「何をどんなふうに思っているかは、口にしないと伝わらねえ。そう気づかせてもらって、なんとなくおえんさんから目が離せなくなってね。番頭さんみてえに、はらはらするのとも違って、こう、次は何をしでかしてくれるかと、わくわくするんだ。いや、しでかすってのはおかしいな。ええと、何をいってるんだ、おれは」

おえんは手の甲で涙を拭い、顔を上げた。

「わたくしのことを、そんなふうに見ていてくれたんですね」

首のうしろを搔《か》きむしっていた辰平が、手を膝に置き、にわかに顔つきを改めた。きまじめな眼差《まなざ》しに、思わずおえんはどきっとする。

「おえんさん、ひとつ訊《き》いていいかい」

「どうぞ」

「このところは陰膳を据えていねえようだが、友松っつぁんの一件には何らかの区切りがついたのかい。その、偽者《にせもの》騒ぎが落着したあとも、いろいろとあったみてえだし、結局のところ偽者とわかったんだったら、陰膳もまた元にもどすのがふつうじゃねえかと」

「……」

この人は、わたくしのことを、そんなところまで見ていてくれたのか。そう思いながら、辰平の顔を見つめる。

「あ、でも、話したくなければ、話さなくたっていいんだ。ちょいと気になっただけで……」

「辰平さん、いささか長くなりますけど、聞いていただけますか」

長火鉢の前から腰を上げ、おえんは框のほうへ近寄った。

おさきはとうとう部屋にもどってこなかった。

六

月が替わって八月も半ばになると、うだるような暑さも去り、さらりとした風の吹く季節が到来した。

「そう、友松さんのことを辰平さんに打ち明けたのね」

お俊がおえんの話に相づちを打つ。

お俊の家であった。かたわらには、半月ほど前に生まれたばかりの赤子が寝かされている。可愛らしい女の子だ。小さな蒲団《ふとん》の脇では、腹這《はらば》いになった康太郎が両手で頰杖《ほおづえ》をつき、妹の顔をにこにこと眺めていた。

赤子が生まれたあと、おえんは幾度かここを訪ねていたが、お俊を疲れさせぬようにちょっと顔を見るくらいで切り上げていた。赤子のお七夜《しちや》の祝いがすみ、お俊も床上げして、いくらか落ち着いて話せるようになったのだった。

「辰平さんて、もともと自分のことを喋《しゃべ》らない人で、こちらも立ち入ってはいけないような感じだったの。あの大きな地震でおかみさんと娘さんを亡くされていて、そのことに触れられたくないんだろうと思って……。ずっと忘れられなくて、引きずっているんじゃないかと」

「ええ、わかるような気がする」

「話してみて、それだけじゃないんだと気づいたの。辰平さんには、わたくしの知らないところがいっぱいある。もっと知りたい。わたくしのことも、辰平さんに知ってもらいたい。それゆえ」

しぜんと友松の一件を打ち明ける気持ちになったのだ。

「先だって、佳史郎さんと連れ添うことにした決め手は何だったのかと訊かれたわね。あの折はわたしなりの答えを話したけど、いまのが、おえんさんの出した答えなんじゃないかしら」

お俊に示され、そういうことかと膝を打つ。

「じつをいえば、前は辰平さんが内に抱えているものを知るのが、いくぶん怖いような気がしていたのよ。いまは、ぜんぶひっくるめて辰平さんだと思えるの。うまくいえないけど……」

「辰平さんをまるごと受け止める下地が、おえんさんの中でととのったのかもしれないわね」

おえんはお俊の言葉をじっくりと咀嚼《そしゃく》したのち、ためらいがちに口を開く。

「それでね、気に掛かっていることがあって……。友松のことを辰平さんに話したりして、木挽町のお屋敷から咎められないかしら。むろん、辰平さんはそんなことを口外する人ではないのよ」

「何をいうのかと思ったら……。まあ、そういうところがおえんさんらしいんだけど」

お俊があきれたようにいう。

「秋之助さんからは正式に断りの申し入れがあって、そのままお受けすることにしたわ。丈右衛門の話では、先方もたいそうすまなそうにされていたそうだけど、それでよかったと思ってる。縁結びの仕事もできず、お店も思うように手伝わせてもらえないのでは、辰平さんとのことがなくても、いずれ自分が苦しくなっていただろうし」

「おえんさんとこの番頭さんには、気の毒だったわね。それはそうと、辰平さんのことも、もちろんお伝えしたんでしょう。おえんさんには大きなお店のお内儀さんになってほしかったようだし、あてが外れてがっかりなさったかしら。それとも、かんかんに？」

「丈右衛門は……」

縁談が破談になったとおえんに伝えるため、丈右衛門が長屋を訪ねてきたときのことを思い返す。

「辰平さんとおつき合いしたいと話したら、頭を抱えて、しばらく言葉を失《な》くしてしまってね。それから幾日か経って、いまはしぶしぶながら今後を見守ろうという気持ちになってきたみたい」

「番頭さんにとっては、どこの馬の骨ともわからない男におえんさんを取られるよりはましって心境なんでしょうね」

ふたりは顔を見交わして笑った。

「丈右衛門に認めてもらうには、わたくしが仕合せにすごしているところを見せるのが何よりだわ。わたくし自身が、自分の得心がいく生き方をしていれば、いつかきっと……」

そうすることが、己れが丈右衛門にできるこの上ない恩返しなのだと思う。

「生き生きしているおえんさんを見れば、番頭さんも心の底からほっとなさるでしょうね」

お俊も深くうなずいている。

「そうそう、お俊さんに話すことが、もうひとつあったのよ。お俊さんにお登勢さんを引き合わせた一件で、わたくしがお登勢さんから謝礼に金一分を受け取ったといったのを憶えてる？」

「憶えてるわよ。そんな大金を黙ったまま持っているわけにはいかないからと、ひとまず預かっておくことにしたのよね。それが、どうかしたの」

「お登勢さんに、ご祝儀《しゅうぎ》としてお渡しできそうなの。正しくいうと、お登勢さんと文治郎さんのおふたりに」

一瞬、お俊が襟許に顎《あご》を埋《うず》め、けげんな顔をする。

「お登勢さんと文治郎さんのお見合いは、物別れに終わったんでしょう。文治郎さんが無礼なことをいってお登勢さんを怒らせたと、おえんさんが話してくれたじゃないの」

「それが、続きがあるのよ」

文治郎がお登勢に入門し、茶の湯の稽古に通い始めたと聞くと、お俊は信じられないという表情になった。

あのあとおえんがお登勢の家に足を運んだところ、文治郎の茶の湯へののめり込みようを、お登勢は苦笑まじりに語ってくれた。お登勢にいわせると文治郎は、「こちらが押すところと引くところを見誤りさえしなければ、扱いやすいお弟子さん」なのだそうだ。しかしすっかり甘く見られているかというとそうではなく、稽古所の切り盛りを始めたばかりでやりくり算段の見当がつかないお登勢に、文治郎が何かと助言してやっているらしい。

「へえ、思いがけないこともあるのね。そういうのを、怪我《けが》の功名というんだっけ」

ふたりがふたたび笑い声を上げたとき、奥のほうで声がした。

「ご婦人方はなんだか楽しそうですね」

自室で戯作《けさく》の草稿を書いていた戸倉佳史郎が、茶の間に入ってくる。後ろには笹太郎の顔もあった。

「戸倉さま、あいすみません。話し声がお仕事の邪魔になったのでは」

「おえんさん、そうじゃないのよ。何くれと名目をつけては、この部屋に乗り込んでくるの」

そういって首をめぐらすお俊の視線の先では、小さな蒲団の横に陣取った佳史郎が、赤子の顔をのぞき込んでいた。康太郎も身体を起こし、佳史郎と膝を並べている。蒲団をはさんだ差し向かいには、笹太郎がかしこまっていた。

おえんとお俊も、腰を上げて場所を移った。

「我が家の殿方たちは、お前に首ったけだよ。ねえ、おいと」

お俊が赤子に語り掛けながら、その名を口にする。

「そう、おいとちゃんていうの」

おくるみにふんわりと包まれたおいとは、薄桃色の唇をわずかに開けて眠っていた。寝息に合わせ、小さな鼻の穴がかすかに膨らむ。

「目許は佳史郎さんに、口許はお俊さんに似ているかしら」

「おえん小母《おば》ちゃん、おいらにも似てるかな。おいとは、おいらの妹だもの」

「康太郎ちゃんには、鼻のあたりがそっくりだわ」

おえんが応じるのを聞き、康太郎が嬉しそうに口の両端を上げる。

「目許が私に似て器量よしだとは、取り上げ婆さんもいっていました。生まれたばかりのときにそういわれても、あまりぴんとこなかったのですが、この頃は我ながら瓜《うり》ふたつだと、その神秘に感じ入っておりましてね」

溶けそうな目をしている佳史郎を、お俊が微笑《ほほえ》ましく見つめている。

「おいとちゃんを見ていると、手前も妹が生まれたときのことを思い出します」

笹太郎も、穏やかな眼差しを赤子に向けていた。

「おえん小母ちゃん、あのね。おいとって名は、お父っちゃんがあれこれ知恵を絞ってつけたんだ。誰とでも仲よくできますようにって」

「人とのつながりの中で成長してほしい。人と人をつなぐ存在でもあってほしい。そう思っているのです」

佳史郎が言葉を添えた。

おいとを中にして、この場にいる皆がつながっているのをおえんは感じた。

ふいに、文治郎からいわれたことを思い出す。

おえんが康太郎を連れたお俊と佳史郎の仲を取り持ったことをきっかけに、縁が縁を呼んで笹太郎が佳史郎に弟子入りし、いま、お俊と佳史郎のあいだには赤子が生まれた。

一家の誰もが、かつては思いもしなかった景色を目にしている。縁を取り結ぶとは、そういうことなのだ。

そこまで思案して、己れもまた、お俊たちに新たな景色を見せてもらっているのだと気がつく。

いうにいわれぬ感慨が胸につき上げてくる。と同時に、身の引き締まる思いがした。

おいとが唇をふるわせたかと思うと、にわかに声を上げて泣きだした。

「あら、お尻が気持ち悪いのかしら。それとも、うまうまをあげましょうか」

お俊が膝を進め、おいとを抱きかかえる。

「よし、おいとの顔も見たし、もうひと踏ん張りするとしようか。笹太郎、いくぞ」

「はい、先生」

「おいらも、表で遊んでくる」

佳史郎と笹太郎、そして康太郎が立ち上がり、部屋を出ていった。

お俊はおいとのおしめに手をあてている。

「どうも、うまうまのようだわ」

「それじゃ、少しのあいだ後ろを向いていましょうか」

「いいわよ、そんな気を遣わなくても」

顔じゅうをしわめ、あらんかぎりの力で泣いていたおいとは、襟許をくつろげたお俊が乳を含ませると、音を立てて吸い始めた。

「おいとって名を、わたしも気に入ってるの。組紐細工は、幾本もの糸を組み合わせて仕上げるものでしょう。この子にも、いろんな人と出会って、彩《いろど》りゆたかな人生を歩んでほしい」

お俊がいとおしそうに、おいとの顔を見つめている。

「お俊さん……」

ほわっと、おえんの心があたたかくなった。

日日是好日。生きていれば、晴れの日も雨の日も、嵐《あらし》に見舞われる日もある。安らかで息災な日ばかりではないと親は知っているからこそ、祈るような気持ちになるのだろう。

おいとは一心に乳を飲み続けている。

ぐっ、ぐっ。力強い音が、おえんの耳にも届いてくる。

泣いて、乳を飲み、排泄《はいせつ》し、眠る。赤子はそうして、一日を生ききるのだ。

その日その日を生ききった先に、新たな景色が開けてくる。

——おえんも、おえんを、生ききりなさい。

おえんの脳裡《のうり》に、お常の声がよみがえった。

わたくしも、目の前にある本日きりを、精いっぱいに生ききろう。悔いなく生きる一日が、己れにとっての好き日となるはずだ。

「おお、よしよし。お腹《なか》いっぱいになったかえ」

蒲団にもどされたおいとは、乳を飲んで満ち足りたのか、唇を軽く突き出してのどかな寝息を立て始めた。

明かり障子を透けてくる光が、おいとの頬を覆う産毛《うぶげ》をきらきらと浮かび上がらせている。

あとがき

芽吹長屋仕合せ帖《ちょう》は、この『日日是好日《にちにちこれこうじつ》』でひと区切りついたことになる。一冊目の『結び屋おえん　糸を手繰れば』（文庫化にあたり『芽吹長屋仕合せ帖　ご縁の糸』と改題）の奥付を見ると平成二十六年五月刊行とあるから、足掛け十年にわたっておえんを書いてきたわけだ。

私は筆が早いほうではないし、書き始めたときは二冊目、三冊目が出るとは思ってもいなかったので、十年のあいだ一人の主人公と向き合ってきたと考えると、なんだか不思議な心持ちがする。

まずは、江戸の長屋における春夏秋冬を書きたかった。花見や井戸浚《さら》い、餅《もち》つきなど、長屋には四季折々に住人たちが総掛かりで取り組む行事がある。私はかねがね、江戸時代は霊感なども含んだ人間の能力と、道具の機能との釣り合いがうまい具合に取れていたと思っているが、それでも一人でこなすにはいささか難しく、複数の人たちが力を合わせることで容易になるそれらの行事に、なんとも長屋らしさを感じるのだ。

裕福な商家では、奉公人や出入りの職人衆がいるので、たいていのことは店の内だけで片が付く。生まれてこのかた商家の、それも人を雇う側で暮らしてきた主人公が、いきなり長屋に放り込まれたら、どうなるだろう。そうした興味から生まれたのが、おえんだった。

「長屋の花見」や「粗忽《そこつ》長屋」など、長屋に材を取った落語は数え切れないほど存在するが、私がイメージしたのは、昭和の時代に祖父母が住んでいた木造二階建ての長屋住宅である。六畳が二間続きになった、二階の一室。簡単な調理は部屋のコンロでもできるとはいえ、食材の下ごしらえをしたり食器を洗ったり、竈《かまど》を使った煮炊《にた》きなどは共用の炊事場でおこなった。

保育園に通う子供だった私が寝起きする住居は、自転車で十分ほどの場所にあったものの、その時分は両親が共働きをしていたのもあり、保育園が引けたあとのほとんどの時間を、祖父母のもとで過ごした。

昭和の末に長屋住宅は取り壊され、いまはもう昔の面影を思わせるものは何もない。だが、炊事場でよそのおばさんがちょっと味見させてくれた味噌汁《みそしる》の味や、廊下の端に並べられた鉢植《はちう》えベゴニアの鮮やかな朱色、昼間でもほの暗い共用便所に入るときの心細さなどは、いまでもありありと思い浮かべることができる。もちろん、祖母に連れられて通った銭湯の、湯の香りも。

同じ棟に住む小学生のお兄さんやお姉さんにけん玉を教わったり、一緒に廊下を走り回ってお年寄りから雷を落とされ、肝を冷やしたのも懐《なつ》かしい。そういえば、常に開放されている建物の入り口から上がり込んだ野良犬《のらいぬ》に、部屋の前に脱いであった履き物をくわえて持ち去られ、弱り果てているおじさんもいたっけ……。

そんなわけで、長屋の暮らしを想像するのに苦労した記憶はあまりないが、おえんを書くのは手探り状態だった。長屋住まいとは縁のなかったおえんの戸惑いを、そっくりそのまま私が引き受けてしまったのかもしれない。

初めまして、こんにちは。あなたはどんな人ですか。芽吹長屋の新入りとなったおえんに、そう訊《たず》ねかけながら書き進め、じっくりと時間をかけてその人となりを理解していったのが、『ご縁の糸』だったといえる。

三年ほどおいて続編に取り掛かったときは、少しばかり準備運動をしただけで走り出せたのが、我ながら意外だった。おえんの娘時分を知っているお俊《しゅん》が登場したのも大きい。おえんとお俊の会話を横で聞いているような、自分が三人目の友人になった気持ちがして、主人公との心地よい距離感を見つけられたと思った。

おえんが手掛ける縁結びについても、なにも男女の仲にこだわらなくてもよいような気がしてきた。夫婦であれ友人であれ、親子や師弟、主従といったいずれの関係も、すべては縁でつながっている。そう思ったら、肩の力が抜けた。

『日照雨』、『日日是好日』を通じ、シングルマザーだったお俊は、おえんの仲立ちによって戸倉佳史郎《とくらけいしろう》という伴侶を得、新たな命を授かる。同じ屋根の下には、笹太郎《ささたろう》も居候《いそうろう》している。

おえんが縁を取り持つことで、お俊を取り巻く環境が目に見えるかたちで変化していくさまを書きながら、血のつながりのあるなしにかかわらず、縁は響き合い、広がっていくのだと、つくづく感じずにはいられなかった。

あらためて考えてみると、小説の主人公と作者とは、現実の人間どうしの関係にも似たところがあるようだ。面識のなかった相手と初対面の挨拶《あいさつ》を交わし、会話を重ねるうちに打ち解けて、心を許せる友人になる。

ただ、仲よくなった友人と会えなくなるのは寂しいものだ。最終章が近づくにつれ、これを書き終わったらおえんロスになってしまうのではないかと、私はひそかに案じていた。しかし、じっさいに物語を閉じてみると、それは杞憂《きゆう》に過ぎなかった。

おえんは失われておらず、私の中に常にいて、いつでも会いにいける気がしている。
祖父母と過ごした、あの長屋住宅のように。

令和五年五月

著者

〈初出〉いずれも「小説新潮」
「靄」令和三年一月号
「形見の仕覆」同四月号
「酉の福」同七月号
「松竹梅」同十月号
「青あらし」令和四年四月号
「日日是好日」同七月号

朝井まかて著

眩《くらら》

中山義秀文学賞受賞

北斎の娘にして光と影を操る天才絵師、応為。父の病や叶わぬ恋に翻弄されながら、絵一筋に捧げた生を力強く描く、傑作時代小説。

池波正太郎著

闇の狩人（上・下）

記憶喪失の若侍が、仕掛人となって江戸の闇夜に暗躍する。魑魅魍魎とび交う江戸暗黒街に名もない人々の生きざまを描く時代長編。

宇江佐真理著

雪まろげ

―古手屋喜十 為事覚え―

店先に捨てられていた赤子を拾って養子にした古着屋の喜十。ある日突然、赤子のきょうだいが現れて……。ホロリ涙の人情捕物帳。

宇江佐真理著

古手屋喜十 為事覚え

浅草のはずれで古着屋を営む喜十。嫌々ながら北町奉行所同心の手助けをする破目に――人情捕物帳の新シリーズ、ついにスタート！

有吉佐和子著

華岡青洲の妻

女流文学賞受賞

世界最初の麻酔による外科手術――人体実験に進んで身を捧げる嫁姑のすさまじい愛の葛藤……江戸時代の世界的外科医の生涯を描く。

有吉佐和子著

鬼怒川

鬼怒川のほとりにある絹の里・結城。戦争の傷跡を背負いながら、精一杯たくましく生きた貧農の娘・チヨの激動の生涯を描いた長編。

藤原緋沙子著

へんろ宿

江戸回向院前の安宿には訳ありの旅人が投宿する。死期迫る浪人、関所を迂回した武家の娘、謎の紙商人等。こころ温まる人情譚四編。

藤原緋沙子著

冬の霧
―へんろ宿 巻二―

心に傷を持つ旅人を包み込む回向院前へんろ宿。放蕩若旦那、所払いの罪人、上方の女義太夫母娘。感涙必至、人情時代小説傑作四編。

諸田玲子著

お鳥見女房

幕府の密偵お鳥見役の留守宅を切り盛りする女房・珠世。そのやわらかな笑顔と大家族の情愛にこころ安らぐ、人気シリーズ第一作。

諸田玲子著

別れの季節 お鳥見女房

子は巣立ち孫に恵まれ、幸せに過ごす珠世だったが、世情は激しさを増す。黒船来航、大地震、そして――。大人気シリーズ堂々完結。

藤沢周平著

本所しぐれ町物語

川や掘割からふと水が匂う江戸庶民の町……。表通りの商人や裏通りの職人など市井の人々の微妙な心の揺れを味わい深く描く連作長編。

藤沢周平著

時雨のあと

兄の立ち直りを心の支えに苦界に身を沈める妹みゆき。表題作の他、江戸の市井に咲く小哀話を、繊麗に人情味豊かに描く傑作短編集。

山本周五郎著

日本婦道記

厳しい武家の定めの中で、愛する人のために生き抜いた女性たちの清々しいまでの強靭さと、凜然たる美しさや哀しさが溢れる31編。

山本周五郎著

柳橋物語・むかしも今も

幼い恋を信じた女を襲う悲運「柳橋物語」。愚直な男が摑んだ幸せ「むかしも今も」。男女それぞれの一途な愛の行方を描く傑作二編。

山本周五郎著

四日のあやめ

武家の法度である喧嘩の助太刀のたのみを、夫にとりつがなかった妻の行為をめぐり、夫婦の絆とは何かを問いかける表題作など9編。

山本周五郎著

日日平安

橋本左内の最期を描いた「城中の霜」、武士のまごころを描く「水戸梅譜」、お家騒動をユーモラスにとらえた「日日平安」など、全11編。

山本周五郎著

深川安楽亭

抜け荷の拠点、深川安楽亭に屯する無頼者たちが、恋人の身請金を盗み出した奉公人に示す命がけの善意――表題作など12編を収録。

山本周五郎著

ちいさこべ

江戸の大火ですべてを失いながら、みなしご達の面倒まで引き受けて再建に奮闘する大工の若棟梁の心意気を描いた表題作など4編。

芽《め》吹《ぶき》長《なが》屋《や》仕《し》合《あわ》せ帖《ちょう》　日《にち》日《にち》是《これ》好《こう》日《じつ》

新潮文庫　し－81－3

令和五年八月一日発行

著者　志《し》川《がわ》節《せつ》子《こ》

発行者　佐藤隆信

発行所　株式会社新潮社

郵便番号　一六二―八七一一
東京都新宿区矢来町七一
電話　編集部(〇三)三二六六―五四四〇
読者係(〇三)三二六六―五一一一
https://www.shinchosha.co.jp

価格はカバーに表示してあります。

乱丁・落丁本は、ご面倒ですが小社読者係宛ご送付ください。送料小社負担にてお取替えいたします。

印刷・大日本印刷株式会社　製本・加藤製本株式会社

ISBN978-4-10-120593-9 C0193